'나야나' 가족 공감 에세이

지지고 볶고 사랑하고

'나야나' 가족 공감 에세이

지지고 볶고 사랑하고

초판 1쇄 인쇄 | 2014년 7월 25일
초판 1쇄 발행 | 2014년 8월 1일

글쓴이 백일성
펴낸이 김세권
디자인 page9

펴낸곳 바룸출판사
출판등록 2013년 4월 18일(제2013-000121호)
주소 서울시 마포구 양화로 8길 15(301호)
전화 02-333-1225
팩스 02-332-5763
이메일 bonbook@daum.net

ⓒ 백일성, 2014
ISBN 979-11-950314-2-9 03810

'나야나' 가족 공감 에세이

지지고 볶고
사랑하고

백일성(나야나) 지음

바름

차례

이야기 하나

희미한 첫사랑의
그림자

이야기 둘

●

300살
가족

이야기 셋

●

앙큼발랄한
아내

이야기 넷

●

또 하나의
가족

이야기 다섯

달콤살벌한 아내

지지고 볶고 사랑하고

얼마 전부터 주말이면 아내와 함께 가까운 곳으로 등산을 갑니다. 간단한 도시락만을 준비해서 이른 아침부터 쉬엄쉬엄 산을 오르다가, 전망 좋은 곳에 자그마한 돗자리를 깔고 둘이서 도시락을 먹습니다. 그러고는 바위 턱에 기대어 보온병에 담아 온 커피 한 잔을 나눠 마시고 쉬엄쉬엄 다시 산을 내려옵니다.

평범하기 그지없는 우리 부부의 모습을 보고 후배가 부럽다는 말을 합니다.

"내년이면 결혼 20년차 되는 부부가 주말마다 손잡고 산에 올라가는 모습 보면 참 부러워요, 형님!"

결혼 5년차 후배의 눈에는 중년 부부의 주말 산행이 여유롭고 다정하게 비쳐졌나 봅니다. 반쯤 비어 있는 후배의 잔에 소주를 채우며 한마디 했습니다.

"부부가 같이 등산하면 좋은 점이 몇 가지 있어. 첫 번째는 딱히 큰돈 안 들고 주말을 버틸 수 있다는 점. 두 번째는 음…… 너 산에서 크게 싸우는 사람 못 봤지? 산 오르기도 힘든데 싸울 힘이 어디 있겠냐? 세 번째는 같이 있는 시간에 비해서 말을 별로 안 해도 된다는 점. 난 이게 젤 좋아. 그리고 마지막으로, 산에 갔다 오면 니 형수가 밤에 푹 잘 자. 그래서 가끔은 일부러 한참 돌아서 내려올 때도 있어."

예상 밖의 대답에 후배가 허탈한 듯 실소를 내뱉습니다. 어느새 또 반쯤 비어 있는 후배의 잔에 다시 소주를 채워 주며 한마디 더 했습니다.

"살다 보니까 결혼생활이라는 게 이 술잔하고 비슷해. 예전에는 한 잔을 다 비우고 새로 잔을 채워야지 생각했는데, 굳이 그렇게 기다렸다가 채울 필요가 없더라고. 세월이 지나니까 그냥 이렇게 남아 있는 술잔에 편하게 그때그때 채우며 살아도 되더라고."

8년 전부터 인터넷에 연재한 우리 가족 이야기를 묶어 또하나의 책을 내게 되었습니다. 이번에는 특히 저희 부부의 에피소드가 많은데, 그야말로 지지고 볶은 이야기들입니다.

누구도 결혼생활을 잘하기 위해 학원에 다니지 않습니다.

수많은 대학들이 있지만, 결혼학과는 아무 데도 없습니다. 그러다 보니 결혼 초기에, 아니 결혼생활 내내 숱한 실수와 시행착오를 겪게 됩니다. 지지고 볶는 게 어쩌면 당연한 일인지도 모르겠습니다.

책 제목을 들여다보다가 문득 이런 의문이 듭니다.

'지지고 볶은 것은 틀림없이 맞는데…… 내가 정말 사랑도 했나?'

앞서 두 권의 책을 내는 동안 제대로 감사 인사를 전하지 못한 분들이 있습니다. 그동안 어쭙잖은 제 글을 읽어 주고 댓글로 화답해 주신 많은 분들, 책을 읽고 공감을 표현해 주신 독자 여러분께 이번 기회를 빌려 특별히 감사를 드립니다.

"마음껏 사랑하고, 마음껏 행복하십시오!"

그리고 지지고 볶느라 사랑하는 데는 상대적으로 소홀했던 제 아내에게도 미안하고 고맙다는 말을 전하고 싶습니다.

이야기 하나

●

희미한 첫사랑의
그림자

드라마와
현실의 차이

결혼 승낙 받기

10여 년 전, 아내와 결혼 승낙을 받으러 처가에 첫인사를 갔습니다. 처가에서 약간의 반대가 있었다고 나중에 전해 들었습니다. 심한 반대는 아니고, 딸 가진 부모 입장에서 그냥 한번 튕겨 보는 정도였답니다.

드라마 … 걷잡을 수 없는 집안의 반대에 여자는 울며불며 애원하다 결국 집을 나와 남자에게 찾아옵니다. 남자는 사태를 직감하고 여자를 안아 주며 나만 믿으라고 말합니다. 그러고는 여자를 데리고 처가에 가서 석고대죄하며 애원을 합니다.

현실 … 집안 식구들의 반대에 아내는 방문을 쾅 닫고 들어가며 단호하게 외쳤습니다.

"난 죽어도 이 사람이랑 결혼할 거야!"

그런 아내를 향해서 처가 식구들이 말했습니다.

"가시나, 성질을 내고 난리야……. 결혼해, 가시나야!"

이 한마디로 끝났습니다.

첫아이 임신

결혼하고 곧바로 아이를 가졌고, 테스터로 확인한 후 병원에서 진단을 받았습니다. 저와 아내가 의사와 마주 앉았습니다.

드라마 … 의사 선생님이 금테 안경을 추켜올리고 온화한 미소를 지으며 축하한다는 말을 건네고, 부부는 감격에 찬 얼굴을 마주 보며 두 손을 꼭 잡고 서로를 축하합니다.

현실 … "임신입니다."

의사 선생은 짧은 한마디 뒤에 이런 말을 덧붙입니다.

"낳을 거예요?"

"네?"

"애 낳을 거냐구요."

"……."

저, 5대 독자입니다. 어쩌면 뱃속에 든 녀석이 6대 독자일지도 모르는데……. 그대로 확 받아 버리고 싶었지만, 참고 나와 병원을 옮겼습니다.

아들의 시험 기간

의사 선생의 한마디에 생사가 오락가락하던 그놈이 벌써 5학년 돼서 시험공부를 하고 있습니다.

드라마 … 엄마가 아이 방을 노크하고 들어와서는 손에 들고 온 과일 접시를 내려놓으며 말합니다.

"아들! 좀 쉬었다 하고, 과일 먹어."

그러면 아들은 엄마를 보며 믿음직한 웃음을 보냅니다.

현실 … 아들 녀석, 세 시간째 책상에는 앉아 있습니다. 뭘 하는지는 아무도 모릅니다. 그리고 연신 책상 위에서 무언가를 먹고 있습니다. ……생라면. 아내가 방으로 들어가면서 소리를 지릅니다.

"야, 자식아! 라면 부스러기 흘리고 다니지 말랬잖아!"

3대가 사는 집의 식사 시간

드라마 … 3대가 모여 식사를 합니다. 상도 좁은데 꼭 카메라를 보며 온 식구가 옹기종기 모여서 밥을 먹습니다. 밥상에는 매일 잔치를 하는지 반찬이 10여 가지 놓여 있고, 그 비싼 조기구이는 빠지는 법이 없습니다. 후식으로 과일과 차를 먹고 마시며 담소를 나눕니다.

현실 … 3대가 모여서 함께 밥 먹는 경우는 휴일밖에 없습니다. 평일이면 부모님은 새벽 6시 전에 아침식사를 하고 두 분이서 운동을 가십니다. 그리고 7시가 넘어서 우리 두 부부가 아침밥을 먹고, 좀 이따가 두 남매가 밥을 먹습니다. 이러다 보니 점심, 저녁 시간도 다들 제각각입니다.

반찬 가짓수는 1식 3찬이 기본입니다. 후식으로는 가끔 오이가 나오고, 생무가 나올 때도 있습니다. 그리고 밥 한 공기 뚝딱하고 허리춤에 생라면을 숨긴 채 뒷걸음질 치는 어떤 놈을 발견할 때도 있습니다.

바람

집에 있는데 휴대폰으로 전화가 걸려 옵니다. 전 밖으로
나가서 전화를 받습니다.

드라마 … 권태기에 접어든 중년의 부부. 남자가 몰래 나가
서 전화를 받는 횟수가 늘어나고, 급기야 아내가 남편의 휴대
폰 통화 목록을 뒤져 봅니다. 액정화면에 여자 이름이 뜨고,
곧 둘이 대판 뒤집어엎습니다. 그리고 4주 후에 뵙자는 신구
아저씨의 말이 들립니다.

현실 … 아내가 저에게 물어 옵니다.
"한현주가 누구야?"
"몰라."
"그럼 강남주는 누구야?"
"뭔 소리야? 김남주는 들어 봤어도 강남주는 첨 듣는다."
"지금 막 전화 온 데는 어디야?"
"거래처."
"거래처에 무슨 여자들이 그렇게 많아? 한현주, 강남주……
그 여자들이 다 뭐냐니까?"
제 휴대폰에 뜬 통화 목록을 본 저는 헛웃음이 나옵니다

"한현주유소, 강남주유소…… 그 밑엔 논현주도 있고, 동일주도 있고, 또 한일주도 있다. 됐냐?"

아내가 배시시 웃더니 갑자기 아들 녀석한테로 말을 돌립니다.

"야, 자식아! 생라면 먹지 말라고 몇 번을 얘기해도 말 안듣고 또 라면 들고 가네, 저 자식."

집 장만

12년간 전세를 전전하다 어렵사리 집을 장만했습니다.

드라마 … 부부가 손을 맞잡고 행복에 겨운 표정으로 아파트 현관을 들어서며 널찍하니 펼쳐진 거실을 한 바퀴 돌아봅니다. 그러고는 따사로운 햇살이 내리쬐는 베란다 창문을 열고 하늘을 향해 포효하며 얼싸안고 좋아합니다.

현실 … 입주까지 아직 6개월이나 남은 새집에 들어가기도 전에 대출이자 폭탄을 맞아 만신창이가 되었습니다. 리모델링, 새 가구, 새 전자제품은 꿈도 못 꿉니다. 남의 집 사는 설움에 입을 것 안 입고 먹을 것 안 먹고 장만했건만, 은행에 다달이 이자 내는 월세 신세로 주저앉았습니다. 제 입에서 푸

념이 절로 나옵니다.

"새집에 들어가면 뭐하나! 쌀밥 대신 생라면 먹게 생겼는데……."

생라면만 먹게 생겼다는 말에 어떤 놈이 덩실덩실 어깨춤을 춥니다.

'저 자식을…… 콱!'

아내의 화장, 분장,
그리고 변장

아침 출근길, 지하철 7호선에서 한 아가씨가 제 맞은편 자리에 앉습니다. 저는 보던 신문을 살며시 접고 관람 모드로 돌입합니다. 가끔 지하철에서 마주치는 아가씨인데, 탈 때는 핏기 없는 창백한 안색이지만 이내 변신하는 모습을 몇 번 봤던 터라 친숙하기까지 한 얼굴입니다.

아가씨는 앉자마자 익숙한 손놀림으로 기초화장부터 하기 시작합니다. 10여 분간에 걸쳐 기초화장을 끝내고는 곧바로 색조화장에 들어갑니다. 그 모습을 지켜보고 있노라면, 예전에 어느 TV 프로에선가 브로콜리 머리를 하고 계속 무언가를 설명하면서 하얀 캔버스 위에 그림을 완성해 가던 화가 아저씨가 생각납니다. 정말 신기해 보였는데, 지금 저 아가씨는 자신의 얼굴을 캔버스 삼아 그림을 완성해 나갑니다.

저와 같은 역에서 내릴 때면 완전히 딴 사람이 되어 있습니다. 총총히 걸어가는 아가씨의 뒤태를 보고 있노라면 저절로 입가에 미소가 머금어집니다.

지하철에서 그 아가씨를 볼 때마다 10여 년 전의 아내가 생각납니다. 아내와 저는 같은 직장에서 근무했었습니다. 처음 6개월 동안은 서로의 존재감을 모르고 생활했습니다. 아내에 대한 제 첫인상은 화려한 화장에 사시사철 짧은 반바지를 입고 다니는, 2퍼센트 부족한 섹시녀 정도였습니다.

그렇게 조금은 먼 나라 여자로 여겨졌던 아내가 어느 날 제 가슴속으로 들어왔습니다.

회사에서 월악산으로 1박 2일 야유회를 가게 되었습니다. 술과 노래에 취해 하룻밤을 보내고 아침에 일어나 공동 세면장에서 멍하니 양치질을 하고 있는데, 새카만 피부에 머리는 산발을 한 자그마한 꼬마 여자아이가 세면장 안으로 들어왔습니다. 저를 보고는 짧은 눈인사를 하더니 대뜸 치약을 달라는 겁니다. 전 그때까지도 여자아이를 그냥 민박집 딸내미 정도로 생각했습니다.

"빨리 일어나셨네요?"

꼬마 여자아이의 갑작스런 인사.

'얼레, 얘가 누군데 날보고 아는 척이지?'

전 대답도 못하고 멍하니 서 있을 수밖에 없었습니다.

잠시 후 그 애가 나갔고, 세수를 하고 나서 정신이 조금 들었을 때에야 전 그 애의 정체를 어렴풋이 알게 되었습니다. 그렇습니다. 지금의 아내입니다.

생전 처음으로 화장기 없는 얼굴과, 항상 신고 다니던 통굽에서 내려와 슬리퍼를 신은 아내의 모습을 봤으니, 못 알아본 저의 잘못보다는 아내의 변신술이 너무 완벽했던 겁니다.

그 후로 아내와 마주치면 전 항상 웃음이 나왔습니다. 화려한 화장 뒤에 숨겨진 까무잡잡한 피부, 높은 통굽에 스머프 반바지……. 웃는 얼굴에 침 못 뱉는다고, 마주칠 때마다 실실 웃는 제 모습에 아내도 점점 다가오게 되었죠. 가끔 출근길에 마주치면 뽀얀 분칠을 한 아내의 얼굴 밑으로 까만 목살이 보일 때가 있었습니다. 급하게 출근하느라 목에까진 분칠을 하지 못한 듯한 모습에 전 농을 걸었습니다.

"아침부터 달 떴네요?"

그러면 아내는 말뜻을 제대로 못 알아들은 듯 갸우뚱한 표정을 지어 보이곤 했습니다. 좀 친해진 다음엔 대놓고 아내에게 물었습니다.

"원래 피부가 까매요?"

아내는 뾰로통한 표정으로 대답했습니다.

"고향이 바닷가라 얼굴만 타서 까매요."

하지만 속살까지 까맣다는 걸 알기까진 그렇게 오랜 시간이 걸리지 않았습니다. 흐흐.

요즘은 퇴근하고 집에 들어가면 어머니와 아내 둘이서 마주 앉아 서로에게 흑설탕 마사지를 해주고 있습니다. 그러면서 드라마 속 중년 여자 탤런트들의 피부를 안주 삼아 넋두리를 늘어놓습니다. 아내는 색조 화장품까지는 바라지도 않고 기능성 화장품에 탐을 내보지만 빠듯한 살림살이에 선뜻 손이 가지 않는지 영락없는 아줌마가 돼 있습니다.

가끔 화장실에 있는 딸아이를 보면 10여 년 전 월악산 민박집 세면장에서 마주쳤던 그 까무잡잡하고 스머프 반바지만 한 꼬마 아이가 생각납니다.

'송이야, 넌 엄마한테 화장 기술 배워라 너희 엄마 화장, 아니 분장, 아니 변장 너무 잘한다. 그리고 아빠같이 화장기 없는 창백한 얼굴에 뻑 가는 어리버리도 있다는 거 잊지 말고. 흐!'

싸이에서 찾은
첫사랑의 흔적

이틀 전 싸이cyworld에 한번 들어가 봤습니다. 5, 6년 전엔가 만든 기억이 있는데, 만들어 놓기만 하고 잊고 지냈습니다. 비밀번호부터 가물가물하고, 막상 들어가 보니 흥가가 따로 없더군요. 방명록에는 상업성 글들만 있는데, 그나마 몇 개 되지도 않습니다. 조회 수도 5, 6년 동안 300도 채 안 되네요.

'내가 이걸 왜 만들었을까?'

그 당시에는 그게 유행이어서 그냥 한번 만들어 봤던 것 같습니다.

기왕 들어온 김에 사진 몇 장을 올렸습니다. 옆에서 지켜보던 아내는 이내 잠이 들었습니다.

저도 컴퓨터를 끄고 자려는데, 문득 '사람 검색'이란 문구가 눈에 띄더군요.

'맞다. 싸이에는 사람 찾기 기능이 있었지.'

불현듯 떠오르는 얼굴 하나가 있었습니다. 그 기억을 찾아 이름을 입력했습니다.

'이름, 성별, 나이…… 이걸로 찾을 수 있을까?'

미심쩍은 마음으로 클릭했습니다. 흔한 이름인지라 8명 정도가 뜹니다. 그런데 사진이 보이는 홈피 하나가 눈에 띄었습니다. 저도 모르게 뒤를 돌아보고 아내가 잠든 걸 확인하게 되더군요. 아이와 함께 찍은 작은 사진이지만, 어렴풋하게 다가오는 얼굴……. 20년 가까운 세월을 뛰어넘어 순간이동을 한 것 같은 기분이 들었습니다.

홈피에 접속을 하려다 잠깐 망설였습니다. 다녀가면 기록이 남을지도 모른다는 생각이 들었기 때문입니다. 흔적이 남아 버리면 속된 말로 좀 쪽팔리잖아요. 흐흐.

일단 로그아웃을 하고 나서 다시 들어갔습니다. 다행히 들어가지더군요. 사진첩을 열어 보려는데 왜 그리 떨리던지……. 다시 한 번 자고 있는 아내를 돌아봤습니다. 그러나 막상 열어 본 사진첩에는 제가 바라던 사진은 안 보이고, 종교 관련

사진과 풍경화들만 잔뜩 있더군요.

'얘가 종교가 있었던가?'

그 기억마저 가물가물했습니다. 사진 속 주인공이 '그녀'
란 걸 확인할 수 있는 단서라고는 메인 화면에 있는 작은 사
진뿐이더군요. 그 사진을 클릭해서 보니 좀 크게 보였습니다.
제 나이 열여덟 살 때 만났으니까 벌써 20여 년이 지났는데도
얼굴은 알아보겠더군요. 그녀도 나잇살은 있어 보였습니다.

'그 당시에도 예쁜 얼굴을 아니었는데…… 후후.'

방명록에 적혀 있는 날짜들을 보니, 그녀도 홈피를 만들
어만 놓고 몇 년간 사용하진 않은 것 같았습니다. 하긴, 우리
나이에 싸이를 한다는 게 좀 그렇긴 하죠.

화면을 닫고 잠들어 있는 아내를 봤습니다. 좀 전에 줄넘
기 500개를 하고 저렇게 곯아떨어졌습니다. 제 아내는 일단
잠들면 기절 수준입니다. 까닭 없이 얄미워 보였습니다. 잠
잘 자는 사람을 보면 이유 없이 얄미울 때가 있잖아요, 왜.

문득 아내의 싸이도 궁금해지더군요.

'혹시 그대로 있나?'

바로 검색해 봤습니다. 이름이 워낙 촌스러워서…… 딱 두
명 나오더군요. 그런데 막상 들어가 보니 저보다 더한 흉가
였습니다. 처제가 달아 놓은 방명록 딸랑 하나에 '우연히 들

어왔어요'가 열댓 개.

젤 첫 페이지로 이동하는데 제 이름이 보이더군요.

[2004년 10월. 내가 제일 처음이구나. 언제나 너한테는 내가 제
일 처음이었지. ㅋㅋ 앞으로도 너에게 항상 처음인 사람이 될
게. ─ 너의 남편]

4년 전에 제가 첫 번째 방명록을 장식했더군요. 아마도 제
것 만들 때 같이 만들어 놨을 겁니다.

아내는 항상 저에게 말합니다.

"내 첫사랑은 당신이야."

10여 년을 함께 살았는데 아직도 그렇게 말합니다. 참 독
한 여자죠?

저번 주 일요일, 오랜만에 아내와 연안부두로 바람을 쐬러
나갔습니다. 집에서 고속도로로 한 20분만 달리면 되는 거리
입니다. 저는 이왕 연안부두까지 왔으니 월미도나 한번 들어
가 보자고 했습니다. 그랬더니 아내가 그러더군요

"우리 옛날에 연애할 때 거기 갔다 나오다가 길 막혀서 고
생했잖아. 가지 말자."

순간 헛웃음이 나왔습니다.

"나 월미도 가본 적 없거든? 어떤 분이랑 가셨나?"

"자기랑 안 갔나? 그럼 누구랑 갔지? ……어머, 자기야! 저기 구름 좀 봐. 너무 예쁘다."

"아줌마! 월미도는 누구랑 가셨냐고. 구름이랑 가신 건 아닐 거 아냐?"

아내가 한마디 합니다

"댁은 정동진 누구랑 가셨어? 저도 정동진 가본 적 없거든요?"

여기서 갑자기 정동진이 왜 나오는지……. 지금 고백하지만, 전 정말 정동진에 여자랑 안 갔습니다. 남자들 셋이서 갔습니다. 정동진엘 남자 셋이 갔다고 말하기 창피해서 누구랑 갔다고 말하지 않은 것뿐이죠.

사실 저도 아내 몰래 싸이에서 첫사랑의 흔적을 찾아보긴 했지만, 지금 생각하면 짝사랑에 더 가까웠습니다. 그러므로 제 온전한 첫사랑은 지금의 아내입니다.

아내도 제가 첫사랑이라고 독하게 주장하고, 저도 아내가 첫사랑이라고 뒤늦게 독하게 주장하며 그렇게 살고 있습니다.

'희망사항'이
잘 어울리는 아내

5학년 아들 녀석이 책상에 앉아서 폼을 잡고 기타를 치고 있습니다. 띵까띵까거리는 소리가 뭔 곡을 연주하는지는 모르겠습니다. 악보를 보니 변진섭의 '희망사항'입니다.

"아빠, 이 노래 알지? 좀 불러줘 봐."

"청바지가 잘 어울리는 여자~♬"

아들 녀석이 제법 연주를 합니다.

저는 이 노래를 들을 때면 항상 처녀 적 아내가 생각납니다. 지금 부엌에서 설거지를 하고 있는 아내가 연애 시절 저한테는 완벽한 '희망사항'의 여자였습니다.

청바지는 아니지만 짧은 청치마가 너무 잘 어울리는 여자였습니다. 밥을 많이 안 먹어서인지 아랫배는 없었습니다. 항상 내 얘기에 까르르 웃어 주는 여자였습니다. 머리에는 항상 윤기가 흐르고 단아했습니다. 저의 어떤 허풍에도 항상 제 눈빛을 보면서 시력을 맞추는 여자였습니다. 가끔 집에 놀러 가면 김치볶음밥을 해줬습니다. 웃을 때 목젖까지는 안 보여도 늘 웃음이 많은 여자였습니다. 제 주머니 사정을 생각해서 항상 저렴한 음식만 먹었습니다. 멋을 내지 않아도 걸어오는 배경에는 후광이 빛났습니다. 제 앞에서는 절대 껌도 씹지 않았습니다. 다리가 너무 예뻐서 짧은 치마가 정말 잘 어울렸습니다. 제가 울적하고 속이 상할 땐 그저 바라만 봐도 큰 힘이 되는 여자였습니다. 그리고 저를 만난 이후로 다른 남자에게는 절대 눈을 돌리지 않은 여자였습니다.

아내가 고무장갑 낀 손가락을 까딱까딱거리며 이리 오라는 신호를 보냅니다. 그리고 턱으로 냉장고 위에 있는 들통을 가리키며 내려 달라는 시늉을 합니다. 들통 내려 달라는 걸 보니까 또 사골국을 끓이려나 봅니다. 아내는 올겨울 내내 사골국을 끓입니다. 이젠 들통만 봐도 입에서 노린내가 납니다.

"밥을 많이 먹어도 배 안 나오는 여자~♫"

타이트하게 올라붙었던 힙은 엉덩이 부분이 번들거리는 추리닝에 가려서 모르겠고, 올겨울 내내 사골국으로 보신을 하더니 부쩍 아랫배가 불러 보이고, 요즘은 제가 농을 걸어도 씨알도 안 먹히고, 윤기 흐르던 머리는 예전의 팝가수 티나 터너를 연상시키는 사자 머리로 변해 있고, 요즘은 눈빛교환은 고사하고 손가락과 턱으로 대화하고, 김치볶음밥이 먹고 싶어서 해달라고 하면 사골국물 가득 찬 들통을 턱으로 가리키고, 치아를 살포시 드러내고 웃던 미소는 온데간데없이 목젖은 물론 허파꽈리까지 보일 정도로 웃어 젖히고, 제가 돈이 없을 때에도 마음 편하게…… 생각했다간 쫓겨날 것 같고, 제게 다가오면 뒤편으로 검은 연기가 피어오르며 가끔 섬뜩하고, 껌은 앞니로 씹기―어금니로 씹기―송곳니로 가르기―소리 내기…… 비트박스를 듣는 듯하고, 요즘도 가끔 짧은 치마를 입는데…… 보는 제가 좀 민망하고, 제가 울적하고 속이 상할 때 바라만 봐도…… 더 울컥해지고, 그리고 요즘 월요일과 화요일 밤 10시만 되면 F4 애들 보면서 가끔 절아래위로 훑어보곤 한숨을 쉽니다.

그뿐이 아닙니다. 아침에 사골국을 거부하는 저에게 먹기싫으면 먹지 말라며 제 점심 도시락 국통에 그 사골국물 붓는 장면을 전 똑똑히 봤습니다.

에휴!

그런데 며칠 전 10여 년간을 잊고 지낸 저의 이상형 '희망 사항'을 다시 보게 됐습니다. 바로 출근 준비하는 아내의 모습……. 명절을 앞두고 바쁜 회사 사정 때문에 휴일에 출근 준비를 하는 아내의 뒤태를 찬찬히 지켜볼 수 있었습니다.

스키니진에 힙업이 되고, 보정속옷에 아랫배는 온데간데 없고, 약간 스모키한 화장발에 20여 분간에 걸친 드라이로 엘라스틴 머리가 된 아내……. 그리고 짜장면 시켜 먹으라며 내민 용돈……. 완벽한 저의 '희망사항'으로 돌아왔습니다.

현관문을 나서는 아내에게 저도 모르게 말을 걸었습니다.

"윗도리 가슴 너무 많이 팬 거 아니냐? 좀 올리고 다녀라."

"웬일이야? 아줌마는 어디 내놔도 쳐다도 안 본다더니?"

아내가 한마디 쏘아붙입니다.

"회사에서 실실 웃고 다니지 말고, 옷 단속 좀 잘하고, 쓰잘데기 없이 농담하는 놈 있으면 웃으면서 받아 주지 말고……."

아내가 절 빠끔히 쳐다봅니다.

"별일이네! 나 아무도 신경 안 써. 걱정하지 마쇼."

사실 출근하는 아내 모습을 오랜만에 봤습니다. 항상 아내보다 먼저 나가고 늦게 들어오다 보니 집 안에 있는 아내만 봐온 탓에 아줌마의 모습만 봤었습니다. 총총히 걸어가는 아내의 뒷모습을 보고 있자니, 실로 오랜만에 다시 '희망사항'이 흥얼거려집니다.

그 노래 끝부분에 이런 가사가 있습니다.

"여보세요 날 좀 잠깐 보세요. 희망사항이 정말 거창하군요. 그런 여자한테 너무 잘 어울리는 난 그런 남자가 좋더라 ~♬"

거울을 봤습니다. 더벅머리, 삐져나온 코털, 파란색 백수 추리닝, 불룩한 뱃살, 가느다란 하체……

한숨이 절로 나옵니다.

'누구 뭐랄 게 아니라, 내가 절망사항이구나.'

남자 vs 여자

15년 전 아내가 절 유혹했습니다.

—— 아직도 남편은 내가 자기를 유혹했다고 주장합니다.
참 나!

호감
"쾅, 쾅!"
옆 강의실 벽을 주먹으로 두 번 쳤습니다. 초딩 3학년 수
학 시간인 옆 교실이 너무 시끄러워서 제 컴퓨터 강의에 지

장을 줄 정도였습니다.

"쾅, 쾅, 쾅!"

옆 강의실에서 보복성 울림이 돌아왔습니다. 저보다 한 번을 더 친 건 분명히 엿 먹어라는 의미입니다.

우리 반 아이들이 다시 맞대응하라는 눈치를 보냈습니다.

"쾅, 쾅, 쾅, 쾅!"

네 번을 쳤습니다. 너도 엿 먹어 보라는 의미였습니다.

잠깐 적막이 흘렀습니다. 전 승리의 미소를 지으며 자리로 돌아왔습니다.

"우당탕!"

갑자기 천둥 치는 소리와 함께 강의실 앞문이 열렸습니다. 옆반 여자 수학 쌤이었습니다. 비스듬히 문틀에 기대어 양손은 팔짱을 끼고, 짝다리까지 짚고 절 노려봅니다.

"백 실장님!"

전 시선 둘 곳을 못 찾고 두리번거리며 대답했습니다.

"네."

"지금 뭐하자는 거죠?"

차가운 문 선생의 한마디에 저와 우리 반 아이들은 요즘 말로 바로 버로우 탔습니다. 새침하게 뒤돌아서 걸어가는 문 선생의 엉덩이에 시선이 갔습니다.

'저건…… 날 유혹하는 걸음걸이다.'

── 옆 강의실에서 백 실장이 또 벽을 칩니다.
'저 인간을 어찌 하오리…….'
여자들만 20여 명 있는 금남의 학원에 남자 관리실장 겸 컴퓨터 강사가 온다는 소문에 다들 들떠 있었는데…… 기대가 크면 실망도 큰 법. 정말 '이건 아니올시다'였습니다. 처음에는 유부남이란 소문이 날 정도로 오래돼 보였습니다. 그런데 저하고 동갑이란 사실에 저를 포함한 여선생님들 모두 경악을 금치 못했습니다.
월악산 야유회 이후로 부쩍 저한테 장난을 쳐 옵니다. 본때를 보여 주려고 강의실 문을 열었는데, 저 남자 막상 얼굴을 대하면 숙맥입니다. 버벅거리기 일쑵니다. 까만 뿔테 안경 때문에 학원 내의 별명이 고시생입니다.
'증말 짜증 지대로다!'

대시

1995년 10월 2일. 내일이 개천절 공휴일입니다. 아침에 출근하는데 문 선생이 슈퍼 파라솔 밑에서 커피를 마시고 있습니다.

"일찍 출근하셨네요? 아직 학원 문도 안 열렸는데."

저도 커피 한 잔을 뽑아 들고 파라솔 의자에 앉았습니다.

"그쪽도 일찍 오셨네요?"

문 선생은 짧은 한마디를 던지고 시선을 돌립니다. 전 정말 즉흥적으로, 지금 생각해도 뻔뻔스럽고 저돌적인 멘트를 날렸습니다.

"내일 쉬는 날인데, 시간 있어요? 시간 있으면 저하고 커피나 한잔하죠?"

멍한 표정을 짓는 문 선생을 뒤로하고 전 학원으로 올라갔습니다.

'가시나! 아무 소리 없는 거 보니까 싫지는 않은가 보다.'

—— 화창한 날씨를 즐기며 아침 커피를 마시고 있는데, 고
     시생이 난데없는 데이트 신청을 하고 후다닥 학원으로
     올라갑니다.
     '쟤 뭐니?'

첫 데이트

출근부에 적혀 있는 문 선생의 집 전화번호로 무턱대고 아침 10시에 전화를 했습니다. 저에게 호감이 있었던지, 생각

보다 수월하게 12시 약속을 정했습니다. 지금껏 한 번도 이런 일이 없었는데, 뭐에 홀린 듯 저돌적으로 대시한 제 자신을 대견하며 커피숍에서 문 선생을 기다렸습니다.

정확히 12시에 문 선생이 커피숍으로 들어왔습니다. 직장에서만 봐 오던 이미지와는 좀 색다른 느낌으로 다가왔습니다. 이런저런 상투적인 얘기가 오가고, 커피숍에 있던 수족관의 물고기 마릿수를 다 헤아릴 정도의 어색한 시간이 흘렀습니다. 그리고…… 문 선생은 약속이 있다며 자리를 떴습니다.

전 주머니 속의 꼬깃꼬깃한 1시 30분 영화표를 꺼내 보지도 못하고 멍하니 수족관 수초 개수를 세고 있었습니다.

'어쭈, 튕기는 맛이 있네!'

—— 장난인 줄 알았더니, 아침부터 전화가 왔습니다. 제 전화번호를 어떻게 알았는지 모르겠습니다. 마침 아파트 전체에 바퀴벌레 소독이 있고, 친구들과의 약속시간 사이에 시간이 비어서 나가는 길에 약속을 정했습니다.

커피잔을 마주하고 있는데 이 남자, 잡다한 얘기만 늘어놓고 가끔 물고기를 관찰합니다. 저도 맞대응을 해 줬습니다. 정말 아무리 생각해도 이건 아닌 것 같았습니다. 친구들이 빨리 보고 싶었습니다.

첫 키스

지성이면 감천이라고, 두 달 동안 하루도 안 빠지고 문 선생을 봤습니다. 같은 직장이다 보니 월요일부터 금요일까지는 보기 싫어도 봐야 하고, 토요일과 일요일은 다짜고짜 일방적으로 약속을 통보했습니다.

그러던 어느 겨울밤, 늦은 데이트를 하고 집에 바래다주는 길에 춥다는 여자를 아파트 공중전화 부스 안으로 밀어 넣었습니다. 두 남녀의 거친(?) 입김으로 좁은 부스 안에 온기가 퍼져 갈 무렵…… 전 일을 저질렀습니다.

약간의 달콤함이 전해지나 싶더니 등 쪽에 강한 통증이 느껴졌습니다. 인정사정없는 떠밀림에 부스 손잡이에 제 등이 찍힌 겁니다.

'쉬운 여자가 아니란 걸 보여 주려는 건가? 요런 귀여운 것!'

—— 얼굴을 자주 보다 보니까 저도 모르게 고시생한테 정이 들었나 봅니다. 항상 자상하게 챙겨 주는 성격도 마음에 들었습니다.

어느 날 데이트를 하는데, 내내 뭔가를 하려는 듯 쭈뼛거리기만 했습니다. 이 숙맥이 말만 버벅거리는 줄 알았더니 행동도 버벅거립니다. 급기야 아파트 단지에 들어서서 저를 공중전화 부스에 밀어 넣더니 일을 저질렀습니다.

깜깜한 아파트 단지에서 유독 눈에 띄게 밝은 곳이 바로 공중전화 부스입니다. 그것도 우리 동 바로 앞에 있는 부스. 누가 보기라도 하면 어쩌려고 저리 용감한지……. 소심한 저의 저항에 고시생은 멋쩍은 듯 머리를 긁으며 수줍어합니다.

'바보…….'

결혼 만 13년째인 현재

아내가 술 한잔을 걸치고 게슴츠레한 눈길로 저를 쳐다봅니다. 화장대 의자에 앉아서 샤론 스톤 흉내를 냅니다. 이런 저런 핑계를 대 보지만 오늘은 잘 안 통할 것 같아 전 최후의 수단을 쓰기로 했습니다.

"우리 영화 한 편 보자."

전 컴퓨터로 '적벽대전'을 찾아 틀었습니다. 저의 든든한 후원군 조자룡의 창이 춤을 춥니다.

1분…… 2분…… 5분.

정확히 5분 만에 아내가 잠들었습니다.

'역시 덤비는 마누라 잠재우는 데는 삼국지가 최고야!'

── 툭하면 삐치는 우리 삐돌이 서방이 술을 마시더니 저에게 이상한 눈빛을 보냅니다. 평소에는 거들떠보지도 않더니 술 한잔 먹으니까 눈에 보이는 게 있나 봅니다. 뭘 먹었는지, 입이며 옷에서 냄새가 진동합니다.

'맨정신일 때 좀 거들떠봐라, 인간아!'

이럴 때는 한 가지 방법이 있습니다. 전 주방으로 나가 신 김치 쫑쫑 썰고 계란까지 하나 풀어 얼큰한 라면을 끓여 줬습니다. 안주도 많이 먹었을 텐데, 아주 게걸스럽게 라면 하나를 해치우고 찬밥까지 찾습니다. 그리고 5분 후…… 방에서 코 고는 소리가 들립니다. 이 사람…… 배부르면 잡니다.

가끔 잠든 남편 얼굴을 보고 있으면 옛날 생각이 나서 절로 웃음이 납니다. 그래도 우리의 그해 겨울은 아주 따뜻했노라고…….

36인치와
28인치의 차이

전 결혼 14년차에 한 달여 후면 사십대 반열에 들어서는 중년 아저씨입니다. 결혼할 때만 해도 허리둘레 28인치, 그러나 14년이 흐른 지금은 36인치에 육박합니다. 28인치일 때와 36인치일 때의 풍경은 사뭇 다릅니다.

28인치

아내가 화장실에서 절 불렀습니다.

"자기야! 등 좀 밀어 줄 수 있어?"

전 총알처럼 화장실로 튀어 들어가 아내의 등을 밀기 시작했습니다.

"때가 생각보다 많이 나온다. 근데 때도 이쁘네. 흐흐, 다른 데도 밀어 줄게."

아내는 부끄러운 듯 몸을 움츠렸습니다.

"야, 우리가 남이냐? 이렇게 남자가 힘있게 밀어야지 때도 잘 닦이지. 발가락 사이도 벌려 봐. ……손등에는 때 안 나올 거 같지? 자, 봐! 손등에도 나오지?"

아내의 전신을 밀어 주고 나오면서 아내에게 살며시 속삭였습니다.

"이불 데워 놓고 있을게, 빨리 들어와."

36인치

아내가 화장실에서 절 부릅니다.

"자기야! 등 좀……."

"……."

1분 후.

"자기야!"

"……어."

또 1분 후.

"야!"

"어, 간다니까……."

제가 아내의 등을 밀어 주며 말합니다.

"너 지우개지? 고무 인간이냐? 와! 대단하다."

등만 밀어 주고 나오면서 한마디 합니다.

"형우 엄마, 하수도 막힐라. 물 살살 내려라."

28인치

일요일 점심시간. 아내를 위해 전날 프린트한 요리 레시피를 들고 주방으로 향했습니다.

"자기야 뭐하려고?"

"너 요즘 새콤달콤한 거 먹고 싶다고 해서 어제 인터넷으로 찾아봤거든. 사천식 만두탕수육 해줄 테니까 조금만 기다려."

한 시간여의 뚝딱임으로 그럴듯한 요리가 탄생했습니다. 전 앞치마를 두른 채, 이불을 뒤집어쓰고 있는 아내에게 한 입 먹여 주며 답을 기다렸습니다. 아내가 엄지손가락을 치켜 세우며 웃었습니다.

36인치

일요일 점심시간. 아이들의 성화에 피자 두 판을 시켜 놓고 서로 한 조각이라도 더 먹겠다고 쟁탈전을 벌입니다. 전 마지막 한 조각을 움켜쥐고 안방으로 줄행랑을 칩니다. 그리고 잠시 후, 부른 배를 긁적이며 아내를 찾습니다.

"형우 엄마! 피자를 먹었더니 느끼한데, 김치부침개 해 먹자."

아내가 짐승 보듯이 절 쳐다봅니다. 분위기상 얻어먹기는 힘들 것 같습니다.

"내가 할게."

그리고 전 주방으로 향합니다.

잠시 후.

"형우 엄마, 밀가루 어디 있냐?"

잠시 후.

"형우 엄마, 어느 게 신 김치냐?"

잠시 후.

"형우 엄마, 물을 어느 정도 부어야 되지?"

그리고 돌아서는 순간, 아내가 바로 등 뒤에서 한숨을 쉬며 앞치마를 뺏어서 자기가 두릅니다. 전 다시 배를 긁적이며 소파로 가서 두 번째 칸에 앉습니다. 제 체형이 기억돼 있는 부분입니다.

28인치

"자기야! 요번 주말에 어디 갈까? 혹시 가보고 싶은 데 있어?"

아내는 피곤하다며 요번 주는 쉬자고 했습니다.

"야, 애 없을 때 돌아다녀야지. 좀 이따 애 생기고 그러면 어디도 못 가. 그러니까 피곤하더라도 주말마다 바람 좀 쐬고 다니자."

아내는 마지못해 저를 따라나서며 말했습니다.

"다음 주는 집에서 좀 쉬자. 당신 일주일 내내 일하느라 피곤할 텐데 주말마다 운전하려면 힘들잖아."

"난 괜찮아. 일주일 내내 집 안에만 있느라고 니가 갑갑하잖아."

그러곤 강원도 쪽으로 힘차게 빨간 액센트를 달렸습니다.

36인치

아내가 일요일 저녁 TV를 보며 말합니다.

"자기야, 영월 너무 좋다. 저 부부 좀 봐. 애들 다 키워 놓고 둘이서 여행 다니나 보네."

소파에 비스듬히 누워서 배를 긁적이는 저를 한 번 쳐다보더니 계속 말을 이어 갑니다.

"저 사람들은 좋겠다. 저 낙엽······ 가나 봐······ 날씨······
선돌······ 나이 먹어서 애들······ 여유 있어 보이고······ 서로
손·······. 내 말 듣냐? 자냐?"

저는 게슴츠레 눈을 치켜뜹니다.

"인간아, 벌써 자냐? 들어가서 자라······. 에휴!"

아내의 한숨을 뒤로하고 엉덩이를 긁적이며 들어가는 저
를 향해 아내가 나지막이 읊조립니다.

"곰 새끼를 키우면······ 귀엽기라고 하지."

누구세요?

　5학년 딸아이의 방 앞을 지나다 보니, 딸아이가 책상 위에 놓인 동그란 거울을 보며 화장품을 바르고 있었습니다. 손바닥 위의 로션을 손가락으로 찍어 얼굴에 골고루 문지르는 모습이 예뻐 보였습니다. 몇 년 후에는 딸아이도 화장대에 앉아서 곱게 화장을 하겠지요.

　그런데 그때 문득 제 생애 가장 등골이 오싹했던 오래전의 기억이 스쳐 지나갔습니다.

　8년 전, 전 다니던 회사를 옮겨 조금은 낯선 직종의 직장에 출근하게 되었습니다. 남자 직원 네 명과 여자 직원 한 명이 전부인 작은 영업소였습니다. 일요일도 없이 바쁘게 돌아가는 업무 특성상 남자들 네 명이서 돌아가며 일요일 당직을 서야 했지만, 일이 서툴렀던 저는 입사한 지 3개월이 지나서야 일요일 첫 당직을 서게 되었습니다.

일요일 출근이 낯선 터라 출근 시간보다 한 시간이나 일찍 사무실에 도착해서 휴일 오전의 한가한 아침 햇살을 받으며 탁자 위에 다리를 올려놓고 커피 한잔의 여유를 즐기고 있는데, 갑자기 문이 열리더니 여성 한 분이 고개를 숙이며 짧은 눈인사를 하고는 사무실로 들어왔습니다.

전 처음 보는 여자의 얼굴에 순간 야쿠르트 아줌마를 떠올렸습니다. 아침마다 책상 위에 야쿠르트를 놓고 가시는 아줌마였지만, 평소에는 모자를 눌러 쓰고 계셔서 얼굴을 잘 기억하지 못했습니다.

'일요일에도 야쿠르트를 넣어 주시나?'

제가 의문을 가지려는 찰나, 아줌마는 너무나 자연스럽게 사무실 책상에 앉았습니다. 그러고는 저의 멍한 상태를 아는지 모르는지 책상까지 뒤졌습니다.

아줌마가 앉은 자리가 제 앞쪽이라 전 그분의 뒷모습을 보게 되었는데, 뒤태를 보아하니 아줌마의 체형은 아니었습니다. 도무지 누군지를 모르겠더군요.

전 다시 한 번 머리가 복잡해져졌습니다.

'미친 여자? 여자 도둑? 저 여자를 내가 제압할 수 있을까?'

별의별 의문이 꼬리에 꼬리를 무는데…… 약간의 사무실 시재가 보관된 서랍을 여자가 여는 걸 보고는 그냥 있을 수 없었습니다. 그래서 지금 생각해도 너무 아찔한 한마디를 하고 말았습니다.

"누구……세요?"

고요한 정적을 깨는 저의 한마디에 책상에 앉은 채로 고개만 돌려 저를 쳐다보는 여자의 얼굴은 마치 활화산이 타오르듯 붉게 물들었습니다. 그때 정면으로 그 여자의 얼굴을 봤지만, 그때까지도 도무지 누군지 기억이 떠오르지 않았습니다.

당황해하며 대답이 없는 여자의 모습에 저도 약간 이상한 기운을 느끼며 '설마……'라는 불길한 생각이 스쳐 지났지만, 애써 외면하며 마음을 추슬렀습니다. 곧 여자는 책상 위에 놓인 동그란 거울을 보며 가방에서 꺼낸 화장품들을 찍어 바르기 시작했습니다. 그 모습이 거울을 통해 보였는데, 시간이 지날수록 그 동그란 거울에 점점 나타나는 얼굴은 다름 아닌 우리 사무실의 홍일점 미스 조!

"음……."

짧은 탄성과 함께 제 등줄기에서 식은땀이 흘러내리는 걸 느꼈습니다. 사무실의 부장님보다 더 오래된 터줏대감 미스 조. 지난 3개월 동안 얼굴 마주 보며 같이 밥을 먹었던 미스 조. 비록 성격이 까칠하고 일처리가 너무 꼼꼼해 사적인 자리 한 번 가진 적 없었고 농담 한 번 해본 적 없는 사이였지만, 그렇다고 화장기 없는 맨얼굴을 못 알아봤다는 건 어떤 변명으로도 커버할 수 없는 치명적인 실수였습니다. 전 제 자신의 허벅지를 찌르고 싶었습니다. 정말이지 타임머신이라는 게 있다면 몇 분 전으로 돌아가 '누구……세요?'라는 말을 거둬들이고 싶었습니다.

몇 분의 어색한 시간이 흐르고, 화장을 마친 미스 조가 드디어 입을 열었습니다.

"첫 당직이라 아무래도 불안하다며 부장님이 오늘만 같이 근무 좀 해달라고 해서 급히 나왔는데……. 혼자 계실 수 있겠죠? 부장님한테는 저 나왔다고 말씀 좀 해주세요."

차마 얼굴을 들지 못하는 저에게 이 한마디를 남기고 미스 조는 퇴근을 했습니다. 사무실에 나와서 한 일이라고는 화장한 게 전부였죠.

그로부터 3개월 후에 결혼을 하면서 미스 조는 퇴사를 했습니다. 물론 3개월 동안 저하고는 일체 사적인 대화가 없었습니다.

미스 조의 결혼식 날, 식장에 늦게 도착해서 예식홀 앞에 다다르니 신랑 입장을 기다리는지 신랑이 입구에 서 있고, 그 뒤로 미스 조가 화사한 웨딩드레스 자락을 끌며 총총히 걸어 오고 있었습니다. 눈인사라도 할 양으로 다가서던 저는 낯선 신부 화장의 미스 조 얼굴을 대하자 나도 모르게 튀어나오는 한마디를 황급히 목구멍으로 삼켜야 했습니다.

"누구······."

8년 전의 식은땀 나는 기억을 되살리고 있는데, 아내가 오랜만에 늦은 퇴근을 해서 들어옵니다. 진한 화장에 스키니 진, 그리고 얼마 전 구입한 가죽 재킷을 입고 들어오는 아내 를 물끄러미 보고 있자니 십수 년 전 처녀 시절의 아내가 떠 오릅니다. 지금까지 말로 표현은 안 했지만, 참 곱게 나이 먹 었다는 느낌이 들었습니다.

아내가 방에서 옷을 벗기 시작합니다. 가죽 재킷, 스키니 진, 블라우스······. 그런데 블라우스를 벗는 순간 속옷이 보 입니다. 그냥 속옷이 아닌 보정 속옷. 후크가 열댓 개는 달렸 습니다. 애국가 2절의 '남산 위에 저 소나무 철갑을 두른 듯' 이라는 가사처럼 마치 철갑을 입은 것같이 보입니다. 그런데 후크를 두두둑 여는 순간, 철갑 안에 억눌려져 있던 무언가가 쏟아져 나옵니다.

아내가 큰 한숨을 내쉬며 말합니다.

"아이고, 이제 살 것 같다."

아내의 억눌린 살들이 빛을 보면서 철갑 자국까지 선명하게 나타납니다. 암사유적지에서 봤던 신석기시대 빗살무늬토기의 문양과도 같은…….

너무나 행복해하며 숨을 몰아쉬는 아내에게 저는 8년 전 예식장에서 차마 하지 못한 말을 기어코 내뱉고야 말았습니다.

"누구……세요?"

비상계단,
당신 맞잖아!

아내와 술 한잔을 했습니다. 요즘 아내는 예전 같지 않게 술이 약해졌습니다. 연애할 때까지만 해도 정말 잘 마셨거든요. 그런데 16년이 지난 지금은 둘이 술 먹는 자세가 참 많이 변했습니다.

16년 전 연애 시절

술집 메뉴판을 보고 있는 아내의 얼굴만 바라봤습니다.

"자기야, 뭐 먹을까? 자기는 소주 먹을 거지? 국물 있는 거 시켜 줄까?"

저는 아내의 질문에도 아랑곳하지 않고 아내 얼굴만 바라보며 대답했습니다.

"내 걱정은 말고 자기 먹고 싶은 거 골라."

그러고는 메뉴판을 다시 아내 쪽으로 밀었습니다. 시선은 아내의 입술에 가 있었습니다.

어제

아내에게 전화가 옵니다.

"따기야……. 보키는 오늘 땀치가 먹고 띠퍼요. 땀치 따 주세요."

수화기 너머로 들려오는 마흔한 살 아내의 애교 섞인 말투에 전 조용히 화답해 줍니다.

"냉동 참다랑어로 맞기 전에 혀 길게 뽑고 말해라."

16년 전

맥주 두 잔에 약간 상기된 얼굴로 아내는 학창 시절 친구들 이야기, 선생님 이야기, 요즘 본 영화 이야기, 요즘 읽고 있는 책 이야기……를 쉴 새 없이 조잘거리며 연신 긴 머리를 쓸어 넘겼습니다. 그리고 어느새 옆에 다가앉은 제 어깨를 토닥이며 말했습니다.

"자기야, 술만 먹지 말고 안주도 좀 먹어."

그러면서 꼬박꼬박 안주를 챙겨 주었습니다. 제 시선은 여전히 아내의 입술에 가 있었습니다.

어제

참치집에 앉아 아내가 따라 주는 술잔을 받고 아내에게도 한 잔 따라 줬습니다. 아내가 술잔을 받자마자 건배를 외칩니다. 아내는 입속으로 한 잔을 털어 넣고 참치를 썰어 놓기 바쁘게 폭풍 흡입합니다. 소주 한 잔에 안주로 먹은 참치 양이, 캔으로 환산하면 250그램 마일드 참치 세 캔은 되고도 남겠습니다. 제 시선은 TV에 가 있습니다. 아내가 제 얼굴을 살포시 잡고 얼굴을 마주 보게 돌리며 동갑내기 남편인 저에게 조용히 속삭입니다.

"냉동 참다랑어로 TV를 쳐부숴 버릴까요?"

16년 전

빨갛게 상기된 얼굴로 집에 가려는 아내를 붙잡고 입가심 한잔만 더 하고 가자며 지하 칸막이 호프집으로 이끌었습니다. 그리고 신실한 미소를 지어 보이며 아내에게 건배를 제안했습니다.

"다른 사람하고 있을 때는 술조심해야 되지만, 나하고 있을 때는 맘 놓고 먹어도 돼."

아내는 반신반의하는 눈빛으로 맥주를 들이켰습니다.

어제

참치집에서 실랑이가 벌어집니다.

"안주 많이 먹은 사람이 계산해."

"뭔 소리? 술 많이 먹은 사람이 계산해야지."

한참을 서로 싸우다가, 집에 가서 2만 원 받기로 타협보고 제가 카드 계산하고 나왔습니다. 그리고 동갑내기 부부가 술 한잔 걸치고 간 곳은 동네 지하 슈퍼. 둘이 얼굴 뻘게 가지고 장을 봅니다.

슈퍼 사장님이 인사를 합니다.

"아이고, 내외간에 술 한잔했나 봐요?"

아내가 대답합니다.

"울 띨랑이 팜치 따줬어요. 근데 치사하게 2만 원 달래요."

뒤에 서 있던 저는 귓속까지 빨개져서 달팽이관의 달팽이가 튀어 나오는 줄 알았습니다. 냉동고 안에 얼린 오징어가 보입니다.

저걸로라도 콱!

16년 전

아파트 현관까지 바래다주고 못내 아쉬웠던 저는 아내를 비상계단으로 데리고 갔습니다. ……가끔 들려오는 엘리베이터 문 열리는 소리에만 잠깐 입술이 떨어졌을 뿐, 그 후로 오랜 시간을 붙어 있었습니다.

어제

슈퍼에서 산 물건들을 주섬주섬 나눠 들고 술 냄새 잔뜩 풍기며 1층에서 엘리베이터 버튼을 누릅니다. 얼마 안 있어 도착음이 들리고 문이 열립니다. 그 소리에 옛날 생각이 나서 아내에게 한마디 했습니다.

"우리 옛날에 비상계단에서 뽀뽀하던 생각 나냐?"

아내가 게슴츠레 눈을 치켜뜹니다.

"언제? 우리가? ……어디라고? 비상계단? ……확실히 나야?"

순간 저는 냉동 다랑어가 됐습니다. 침묵은 금이라는 생활밀착형 명언을 잊어버리다니…….이런 된장!

어젯밤, 긴긴밤을 이불도 제대로 못 덮고 잤습니다. 그런데 오늘 출근길에 곰곰이 생각해 보니 분명히 아내가 맞습니다.

‘길동 신동아아파트 4층 맨 끝집…… 맞잖아! 그때 내가 3-4층 비상계단으로 내려가니까 4층까지는 가끔 계단으로 걸어 올라오는 사람이 있어서 위험하다며 4-5층 비상계단으로 내 손 잡고 올라간 거, 분명히 당신 맞잖아!’

손만
잡았겠냐?

어젯밤 아내와 지방 장례식장에 다녀오느라고 새벽에 두세 시간 야간 운전을 했습니다. 피곤해하는 저를 위해 옆자리에 앉은 아내가 연신 떠들며 오징어도 뜯어 줬지만, 시간이 지날수록 아내의 말수는 줄어들고 오징어 뜯어 주는 속도도 현저히 낮아지더니 결국은 잠이 들고 말았습니다.

아내가 잠든 걸 확인하고 음악을 틀었습니다. 장거리 운전 때에만 듣는, 100여 곡 정도가 저장되어 있는 USB를 꽂았습니다. 그렇게 한 시간 정도를 달렸을까…… 어느새 아내가 잠에서 깨어 언제 잤냐는 듯 노래를 따라 부르고 있었습니다.

"안 잤어? 아, 콧노래 부르고 있었구나?"

아내가 눈치를 봅니다.

"난 또 코 고는 소린가 했네. 그럼 그렇지, 콧노래였구나? 남편 운전하는데 옆에서 코 골 마누라가 아니지?"

아내가 갑자기 콧노래 볼륨을 높입니다.

"코피 나겠다, 가시나야! 그만 불러라. 한 시간 불렀으면 됐다."

이때 귀에 익은 멜로디가 흘러나왔습니다. 저는 아내 구박을 멈추고 볼륨을 조금 높였습니다.

'라일락 꽃향기 맡으며 잊을 수 없는 기억에~♬'

세 번째 소절쯤 접어들 때 아내의 목소리가 들렸습니다.

"또, 또, 저 미소 짓는 거 봐. 이 노래만 들으면 입꼬리 올라가더라."

아내의 말에 옆 차창에 비친 제 모습을 힐끗 봤습니다. 영화 〈배트맨〉에 나오는 악당 조커가 웃고 있는 것 같아서 순간 핸들 돌아갈 뻔했습니다.

우씨!

"선민이 생각하냐? 이 노래만 들으며 선민이가 앞에서 나풀나풀 나 잡아봐~라 하냐?"

아내가 제 첫사랑 이름을 들먹입니다.

사실 첫사랑이라고 할 것도 없습니다. 제가 재수할 때 일 년 정도 저에게 힘이 됐던 편지 주고받았고, 가끔 만나서 커피나 밥 정도…… 그리고 술 한잔 먹으면 그녀가 가끔 흥얼거렸던 '가로수 그늘 아래 서면' 가사를 일기장에 적고 하트 몇 개 그린 다음 혼자 웃고 좋아했던 뭐 그런 사이였고, 이후로는 그냥 흐지부지……. 사실 어떻게 헤어졌는지 잘 기억도 안 납니다.

"손이라도 잡아 봤냐?"

옛 생각에 잠시 빠져 있는 사이 옆에서 아내가 재차 묻습니다.

"손이라도 잡아 봤냐고?"

잠시 생각했습니다. 어렴풋이 스치듯 손 한 번 잡았던 기억은 납니다.

노래가 마지막을 치닫습니다.

'하늘 밑 그 향기 더하는데 내가 사랑한 그대는 아나~ ♫'

마지막 가사에 취해서 생각도 없이 그냥 날렸습니다.

"손만 잡았겠냐?"

아내가 헛웃음을 지으면서 묻습니다.

"그럼 뭐? 뭘 했는데? 어?"

이때 또 귀에 익은 다음 곡이 흘러나옵니다. 이상은의 '사랑해 사랑해'입니다.

아내가 콧노래 대신 콧방귀를 뀝니다.

"오늘 아주 그냥 작정을 했구나. 선곡이 죽여주십니다요."

이때 뒷좌석에서 굵직한 음성이 들립니다.

"고만들 해라! 애들도 아니고……."

술 한잔 먹고 뒷좌석에서 쭉 처자던 후배 목소립니다. 우리 부부 말고 장례식장에 같이 갔다 온 후배가 동승해 있었습니다.

"그러다 진짜 싸우겠다?"

이 정도에서 끊어 주는 후배 녀석이 오늘따라 참 귀엽고 사랑스럽습니다.

아내가 그래도 혼자 구시렁거립니다.

"아니, 뭐 옛날에는 손도 못 잡아 봤다 그러더니…… 뭐, 말이 바뀌고 뭐……."

그때 사랑스런 후배가 뒷좌석에서 시트를 눕히며 한마디 더 합니다.

"뭐가 궁금해요, 뻔하지. 남녀가 손잡고 그 담에 하는 거 뻔하고, 그 다음에 어디 가고……. 뭐? 뭔 소리가 듣고 싶어요? 둘이 했던 거 이제 오래돼서 기억이 안 나? 뭐 뻔하지."

이런 망할 놈의 시키!

후배 녀석을 내려 주고 집에 도착해서 대충 씻고 잠자리에 들었습니다. 먼저 씻고 자고 있는 줄 알았던 아내가 제 팔 베개를 하더니 속삭입니다.

"솔직히 손잡은 다음에 뭐 했는데? 응?"

그때 머리맡에 둔 휴대폰에서 카톡음이 울립니다.

[형님 잘 들어갔수?]

확!

우리 좀
쉬었다가 갈까?

　　추석 연휴 마지막 날, 오른쪽 어깨가 너무 결리고 통증까지 와서 쉬고 있는 아내에게 좀 주물러 달라고 부탁했습니다. 부탁하고 나니 명절 때 정작 힘들었을 아내도 몸 상태가 안 좋을 텐데……라는 생각이 들어서 마주 보고 서로의 어깨를 주물렀습니다.

　　그런데 이게 영 쉽지가 않았습니다. 하다 보니 마주 보고 부채질해 주는 것보다 더 멍청한 짓이란 생각이 들었습니다. 그러다 문득 생각난 게 마사지였습니다. 이럴 때 전문가에게 마사지 한번 받아 보는 것도 나쁘지 않을 것 같아서 검색을 해봤습니다. 마침 집 가까운 곳에 마사지 샵이 있길래 전화를 걸었습니다.

첫마디로 물었습니다.

"마사지 좀 받으려고 하는데…… 부부가 같이 가도 되는 곳이죠?"

전화기 너머로 들려오는 웃음소리와 온 가족이 오셔도 된다는 말에 잠시 머쓱해졌지만, 어쨌거나 전화 예약을 했습니다.

얼마 지나지 않아 우리 부부는 각각 파란색과 분홍색 마사지복으로 갈아입고 나란히 침대에 엎드린 채 서로 마주 보게 되었습니다. 그리고 은은한 아로마 향과, 촉촉한 오일 보습과, 부드러운 손길을 상상하며 눈을 지그시 감는 순간, 등쪽에 가해지는 강한 충격. 나도 모르게 터져 나오는 신음. 곧바로 이어지는 팔꿈치 공격. 그리고 사지를 이리저리 꺾어 대는 무지막지하고 현란한 손놀림.

중간에 '저한테 왜 이러세요?'라고 묻고 싶었지만, 한 시간 내내 묵직한 신음과 고통의 비명만 지를 수밖에 없었습니다. 어느 순간에는 이리저리 꺾이는 내 관절에 대한 재평가와 뼈마디마디에서 들려오는 똑딱임에 마른침을 삼켜야 했습니다.

모든 고통의 순간이 끝나고, 그제야 옆에 누워 있던 아내가 떠올랐습니다. 멀뚱히 저를 쳐다보는 아내의 퀭한 눈빛이 모든 걸 말해 주는 듯했습니다. 그렇게 우리 부부는 서로의 몸을 의지하며 마사지 샵을 나왔습니다. 그런데 참 신기하게 온몸이 아프면서도 가벼워진 발걸음을 느낄 수 있었습니다. 저만 그런 줄 알았더니 아내도 한결 몸이 가벼워졌다는 말을 했습니다.

이렇게 우리 부부는 생전 처음 경험한 스포츠 마사지를 끝내고 얼마 전부터 아내가 먹고 싶다던 순대볶음과 소주 한잔을 앞에 두고 다시 마주 앉았습니다. 결혼 16년차 부부의 명절 뒷이야기, 같이 사는 부모님에 대한 이야기, 하루가 다르게 머리가 커 가는 남매에 대한 이야기, 그리고 연휴 끝자락의 아쉬움 들을 모아 한 잔 한 잔 술잔을 넘겼습니다. 그리고 기분 좋게 식당 문을 나서는 순간, 아직은 따갑게 내리쬐는 한낮의 가을 햇살 사이로 간판이 보였습니다.

○○모텔······.

17년 전 지금의 아내와 한참 연애를 할 때였습니다. 레스토랑이나 분위기 좋은 카페에서 데이트할 시기는 좀 지나고, 서로가 순댓국을 앞에 두고 소주 한잔 걸칠 수 있을 만큼 편안한 사이가 되었을 때였습니다. 그날도 순댓국에 소주 한 병을 나눠 마시고 붉은 네온사인이 반짝이는 천호동 구사거리 골목을 걷다가 아내의 촉촉한 눈동자에 반사된 골목길 입구 한 귀퉁이 여관 입간판이 제 눈에 들어왔습니다.

△△모텔……

순간 모든 조명들이 술에 취한 듯 흐트러지고, 주위의 모든 사람들이 물 흐르듯이 흘러갔습니다. 이 공간에 오직 우리 둘만이 서 있는 듯한 착각이 들었습니다.

전 아내의 손을 잡고 말했습니다.

"우리 좀…… 쉬었다 갈까?"

말이 끝나기 무섭게 네온사인들이 다시 반짝이고 주위 사람들도 분주히 움직였습니다. 그리고 순댓국집에서부터 붉게 물들었던 아내의 얼굴이 제 눈에 클로즈업되었습니다. 아내가 작게 고개를 끄덕이더니 먼저 발걸음을 옮겼습니다. 다시 네온사인들은 흐트러지고, 사람들은 물결이 되어 흘러갔습니다. 그리고 여관 입간판이 세워진 골목은 블랙홀처럼 우리를 흡입했습니다.

5분 후, 우리는 블랙홀 입구 2층에 있는 커피숍 안락의자에 깊숙이 파묻힌 채 마주 앉아 있었습니다. 과일주스 한잔을 깊게 빨아 먹던 아내가 한마디 합니다.

"역시 여기 의자가 젤 편해. 아까 순댓국집 의자는 너무 불편했어. 자기도 불편했지? 자기가 쉬었다 가자고 안 했으면 내가 먼저 좀 쉬어 가자고 했을 거야. 오늘따라 얼굴도 너무 빨개지고…… 집에 가면 혼나겠다. 내 얼굴 빨간 거 좀 없어졌어?"

전 대답 없이 그냥 창밖에 서 있는 여관 입간판만 물끄러미 쳐다보고 있었습니다. 그리고 속으로 생각했습니다. 다음에는 꼭 손가락으로 가리키며 '무슨 여관 몇 층 몇 호실에서 몇 시부터 몇 시까지 우리 좀 쉬었다 가지 않으련?' 하고 또박또박 묻겠노라고.

그로부터 17년 후, 추석 연휴 끝자락의 아쉬움을 모아 아내와 한 잔 한 잔 술잔을 넘기고 식당 문을 나서는 순간, 따갑게 내리쬐는 한낮의 가을 햇살 사이로 우연히 간판 하나가 보였습니다. ○○모텔…….

낮술에 붉게 물든 아내에게 넌지시 말했습니다.

"우리 좀…… 쉬었다 갈까?"

가던 걸음을 멈추고 아내가 제 옆구리를 꼬집으며 이렇게 속삭입니다.

"오케바리!"

물론 그 모텔 옆에도 커피숍은 있었습니다. 흐흐.

이야기 둘

●

300살
가족

아버지가 돼 가는
아빠가 딸에게

송이야, 며칠 전에 네 학교 과제물 때문에 우리 둘이 산에 올라가서 나뭇잎 땄던 거 기억하지? 오랜만에 나선 둘만의 나들이였는데, 아빠는 그때 송이가 무척 많이 자랐다는 걸 느꼈단다. 너의 깜짝 놀랄 정도의 상상력과 풍부한 감수성에 아빠는 다시 한 번 놀랐다. 역시 너는 아빠를 닮았어. 외모까지 아빠를 닮아 가는 점은 심히 유감스럽지만…… 네 말대로 그거야 뭐 어쩌겠니.

며칠 전 아빠는 네가 좋아하는 아고라에서 한바탕 소통을 일으켰단다. 네 가슴에 몽우리가 졌다고 엄마가 알려 주기에 네가 잠든 시간에 엄마와 같이 잠깐 들춰 봤던 걸 곧이곧대로 썼다가 네티즌들에게 호되게 혼이 났단다. 그건 너도 알고 있는 일이니 뭐 길게 말할 필요는 없겠지. 일단 그 얘기는 접어 두기로 하자.

어쨌든 그 일 이후로 아빠는 많은 생각을 했단다. 너도 알다시피 아빠가 머리 싸매고 고민하는 스타일은 아니지만, 그래도 나름 많이 생각했다. 사실 그전부터 아빠에게 고민이 좀 있었단다. 너희 두 남매와의 관계에 대해서 말이야.

그런데 이번 일을 겪으면서 아빠는 한시름 놨단다. 어떤 분이 댓글로 아빠에게 조언을 해주셨어. 아빠는 그 짧은 문구를 보고 정말 오랜만에 무릎을 쳤단다. 그분의 글을 통해서 지금 아빠가 겪고 있는 고민이 아빠의 성장통이란 걸 알았기 때문이야. 성장이라는 게 한창 커 가는 너희에게나 해당되는 줄 알았지, 아빠에게도 일어나고 있다는 걸 모르고 있었단다. 그분 말씀이 '아빠에서 이제는 아버지로 커 가는 과정'이라고 하시더구나.

그래. 지금까지 난 너희에게 단지 아빠였을 뿐이다. 하지만 이젠 아빠도 아버지로 성장을 해나가는 단계란 걸 알았단다. 이쯤에서 넌 '아빠'와 '아버지'의 차이가 뭐냐고 묻겠지. 구체적인 건 아빠도 잘 몰라, 하지만 차차 알아 나가겠지.

항상 아빠가 말하지만, 아빠와 엄마는 완벽한 부모가 아니란다. 너희가 좋아하는 게임 용어로 말하면, 아빠도 이젠 레벨업만 하는 게 아니라 업그레이드를 하게 되는 거란다. 네가 아이에서 소녀로 1차 업그레이드를 했듯이, 아빠도 이제 아버지로 업그레이드를 하게 되는 거지. 그렇다고 그전에 가졌던 아빠로서의 스킬들이 모두 사라지는 건 아니고, 말 그대로 아버지로 업그레이드가 되는 거라고 보면 돼.

그런데 더 놀라운 사실은, 우리 가족 모두가 그런 성장을 하고 있다는 거란다. 가장 대표적인 캐릭터가 네 오빠야. 이름하여 질풍노도의 시기, 주변인, 이유 없는 반항, 심리적 이유기 등등…… 아직 너한테는 조금 어려운 단어들이겠지만 이것들이 지금 오빠의 행동을 나타내는 단어들이란다.

오빠 못지않게 업그레이드를 앞두고 있는 또 하나의 캐릭터가 네 엄마란다. '어머니'로서라기보단 '아줌마'로 변해 가는 자신을 보며 엄마도 가끔 고민을 하더구나. 물론 아빠도 많이 보듬어 주겠지만, 너희도 엄마를 많이 이해해 주렴. 어제 엄마가 산 멜빵치마, 너도 봤지? 엄마한테 꼭 아가씨 같다고 얘기해 주렴. 그리고 아줌마가 돼도 상관없으니까 걱정하지 말라는 이 아빠의 맘도 좀 전해 주고.

할아버지는 주무시지 않으면 베란다에 나가 계신다고 네가 걱정하며 말했지? 그 말을 듣고 보니, 정말이지 할아버지가 집에서 무료한 생활을 하시는 것 같더구나. 베란다가 할아버지 덕분에 너무 깨끗해졌다고 꼭 칭찬해 드려라. 사람은 나이를 먹으면 존재감이란 걸 확인받고 싶은 욕구가 있단다. 물론 아빠보다 너희가 할아버지 할머니께 더 살갑게 대해 주는 것에 대해 아빠는 항상 고마움을 느낀단다.

마지막으로 아빠가 너한테 작은 부탁 하나만 할게. 요즘 네가 아빠한테 하는 장난, 뭔지 알지? 아빠 배꼽에 손가락 집어넣고 '물어 봐, 물어 봐!'라며 자꾸 장난치는데, 그러다가 언젠가는 진짜 물릴지 모른다. 그리고 그런 장난까진 아빠가 웃고 넘길 수 있는데, 어제는 밥풀까지 넣어 가며 '먹어 봐, 먹어 봐!' 한 건 좀 심하지 않냐?

그래, 백번 양보해서 거기까진 참는다 치자. 하지만 유성 매직으로 배꼽 주변에 얼굴 모양을 그려 놓으면 어쩌냐? 아빠가 오늘 아침에 그거 지우느라고 배는 뻘게지고 지각까지 했다. 다음부턴 수성 사인펜으로 좀 부탁한다. 흐흐흐.

송이 네가 소녀에서 숙녀로 다시 한 번 변해 갈 때쯤에는
아빠도 지금보다 더욱 성숙해진 아버지로서 축하해 줄 걸 약
속하마.

　　　─ 아버지가 되는 법을 배우고 있는 아빠가 3학년 딸에게

아들,
요즘 뭐 보냐?

　　월초의 바쁜 업무를 끝내고 조금은 한가해진 오후 시간, 아내에게 전화를 했습니다.

　　"형우 엄마, 오늘 아침에 형우 왜 그렇게 짜증을 낸 거야?"

　　평소와 마찬가지로 아침에 5학년 아들 녀석을 깨웠는데, 이 녀석이 느닷없이 저한테 짜증을 부리고 화를 냈습니다. 이 녀석이 꿈을 잘못 꿨나 싶으면서 저도 화가 났지만, 아침이라 그냥 참고 출근했습니다.

　　"형우가 왜 그랬는지 자기 진짜 몰라?"

　　아내의 차분한 음성에 전 머뭇거리며 대답했습니다.

"뭔데? 내가 형우한테 뭐 잘못한 거 있나?"

아내가 잠시 뜸을 들이다 말했습니다.

"요즘 자기가 너무 송이하고만 놀잖아."

순간 전 조금 의아한 생각이 들었습니다.

"내가 딸내미하고 잘 노는 게 무슨 문제야?"

"자가가 요즘 너무 송이하고만 노니까 형우가 조금 심술이 났나 보지."

"내가 내 딸하고 잘 노는 것도 잘못인가?"

저는 재차 따지듯이 아내에게 투덜거렸습니다.

"당신이 요즘 송이하고 둘이서만 재미나게 지내는 거 보면 나까지도 질투 나던데, 뭘."

생각지도 못한 아내의 대답에 저는 잠시 할 말을 잃었습니다. 몇 마디 대화가 더 오가고 나서 아내와 통화를 끝냈습니다. 그리고 잠시 지난 몇 주간의 생활을 되돌아보니, 요즘 부쩍 3학년 딸아이와 보내는 시간이 많아졌다는 사실을 깨닫게 되더군요. 언제부턴가 5학년 아들 녀석이 제 품을 벗어난다는 아쉬움과 또 한편으로는 이젠 많이 컸다는 대견함이 저로 하여금 상대적으로 더 어린 딸아이에게 관심을 쏟게 만든 것 같습니다.

퇴근길에 집에 전화했습니다.

"오랜만에 가족끼리 외식 한 번 하자."

집 앞에서 가족들을 기다리고 있는데, 제일 먼저 딸아이가 내려오더니 두 팔을 벌리며 제 품에 안깁니다. 반갑게 안아 주면서도 오늘만큼은 뒤따라 나오는 아들 녀석 눈치를 봤습니다.

아들 녀석이 모자를 푹 뒤집어쓴 채 어슬렁거리며 나왔습니다. 전 의식적으로 한 손을 높이 들며 하이파이브를 외쳤습니다. 그런데 이 녀석, 주머니에서 손을 꺼내 하이파이브를 하는 척하면서 '가위'를 냅니다.

"내가 이겼지?"

그 한마디를 남기고는 앞서서 걸어갑니다. 머쓱해진 저는 한참을 걷다가 아들 녀석 어깨에 손을 얹었습니다. 제법 튼실해진 어깨에 미소가 절로 납니다.

오랜만에 아들 녀석이 좋아하는 회를 사줬습니다. 아들 녀석은 횟집에만 오면 물 만난 물고기가 됩니다. 서비스 음식에는 절대 손도 안 댑니다. 오직 메인 메뉴만을 기다렸다가 회가 나오면 쓸어 버립니다.

보고 있던 제가 한마디 했습니다.

"형우야! 회는 잔치국수 먹듯이 먹는 게 아니다."

아들 녀석, 먹을 만큼 먹었는지 젓가락을 내려놓습니다.

"형우야, 넌 회가 맛있냐?"

몇 점 안 남은 접시에서 회 한 점을 골라 집으면서 제가 물었습니다.

아들 녀석이 배를 한 번 두드리더니 말합니다.

"회야 뭐 초장 맛으로 먹는 거지."

전 속으로 대꾸했습니다.

'그럼 쫄면을 먹든지, 짜샤!'

요 근래 좀 섭섭하게 대했던 점을 사과하고 아들 녀석에게 진한 뽀뽀 한 방을 날려 줬습니다. 아들 녀석은 술 냄새 난다고 손사래를 치면서도 싫지만은 않은 표정입니다. 몇 달만 있으면 6학년이 되는 아들 녀석이 아빠 품을 벗어나서 자기 세계를 구축하고 있다고만 생각했는데, 역시 아직은 아빠와 장난을 치고 싶고 아빠의 정이 그리운 철부지 아이인가 봅니다.

그런 생각에 미소를 지으며 제가 소주 한 잔을 입에 털어 넣으려는 바로 그때였습니다. 횟집에 테이블을 구분하는 나지막한 칸막이가 있고, 창살 문양으로 된 그 칸막이에는 창호지가 발라져 있었습니다. 그런데 아들 녀석이 갑자기 손가락에 침을 묻히더니 그 창호지를 뚫는 시늉을 하고는 훔쳐보는 제스처를 취하는 겁니다.

순간 저와 아내의 눈이 마주쳤습니다.

"아들! 요즘 친구들이랑 모여서 뭐 보냐?"

아내의 물음에 아들 녀석은 대답도 않고 실실거리기만 합니다. 그러자 아내가 조금 오버를 합니다.

"형우야, 엄마 아빠는 개방적이야. 그러니까 혹시 뭐 이상한 거 보려면 얘기하고 봐라."

아내도 참 순진합니다. 세상에 어떤 아들 녀석이 그런 걸 부모한테 말하고 보겠습니까. 흐흐.

아들 녀석, 대수롭지 않다는 듯 한마디 합니다.

"보긴 뭘 봐? 박물관 같은 데 견학 가면 이런 장면 있어."

그 한마디에 아내는 머쓱한 표정을 짓습니다.

"아들, 미안! 엄마가 술 한잔해서 오버했다. 헤헤."

그러나…… 여자에게 육감이란 게 있다면, 아들을 키우는 아빠에게도 그와 비슷한 게 있습니다. 전 분명히 보았습니다. '박물관'이란 말을 하고 고개를 돌리면서 씨익 웃는 아들 녀석의 썩소…….

'짜식, 뭘 보긴 봤구나. 흐흐흐.'

두껍아 두껍아,
헌집 줄게 새집 다오!

요즘 저희 집은 이사 준비에 여념이 없습니다. 다음 달이면 새집으로 이사를 들어갑니다. 마흔을 코앞에 두고 처음으로 제 집을 갖게 되었습니다.

집도 집이지만, 요즘은 새 살림살이 장만에 기쁨과 시름이 교차합니다. 13년 전 아내가 해 왔던 신혼살림을 한꺼번에 교체하려니 부담이 이만저만이 아닙니다. 그래서 어제 저녁에는 때아닌 가족회의가 벌어졌습니다.

저는 구둣주걱 하나를 손에 들고 거실에 있는 물건부터 하나하나 짚어 가며 가족 투표에 부치기 시작했습니다.

"이 29인치 구형 TV. '버린다'에 손드세요."

저를 포함하여 부모님, 아내, 그리고 4학년 딸아이가 찬성했습니다. 그런데 6학년 아들 녀석이 이의를 제기합니다.

"아까운데 왜 버려?"

저는 구둣주걱을 아들 녀석에게로 향하며 말했습니다.

"그럼 네 방에 갖다 놓을래?"

아들 녀석, 좋다고 헤벌쭉합니다. 그러나 그런 일을 없을 겁니다.

"일단 통과. 그리고 10년 된 레자가죽 소파. '버린다'에 손드세요."

1초도 안 걸려서 만장일치로 통과.

"자, 이제 집에 있는 가구들 중에서 가져갈 거 있으면 말하세요."

아내는 가져갈 거 하나도 없다며 손사래를 칩니다. 그런데 아까부터 잠자코 손만 드시던 아버지가 한마디 하십니다.

"저기…… 저 신발장은 가져가야 되지 않겠냐?"

아버지의 한마디에 가족들이 질색을 합니다.

"아버님, 아파트 신발장 대따 커요. 저 신발장을 왜 가져가요?"

아버지는 금방 체념을 하셨지만 못내 아쉬워하는 표정입니다. 그도 그럴 것이, 유독 신발장에 대한 애착이 강한 아버지가 몇 달 전 가족들의 눈총을 받아 가면서 들여놓으신 물건입니다.

이렇게 하나둘 살림살이들을 정리하다 보니 가구나 가전제품들 중에는 가져갈 게 정말 하나도 없었습니다. 유일하게 딸아이의 디지털피아노 딱 한 가지만 남더군요. 이 정도면 이삿짐센터 부를 필요도 없고, 폐가구며 폐가전제품 버리는 값만 해도 수십만 원 들어가게 생겼습니다.

어머니는 이사 가면 화장실이 두 개라는 사실이 너무 좋은가 봅니다.

"안방 화장실은 너그 식구들만 쓰고, 거실 화장실은 우리 노인네들만 쓸 끼다."

아내가 발끈합니다.

"안 돼요, 어머니! 형우는 거실 화장실 쓰게 할 거예요. 안방 화장실 지저분해져요."

어머니도 발끈합니다.

"됐다. 저 녀석은 아무 데나 갈겨서 안 돼. 거실 화장실 지저분해져. 니 자식이니까 니가 알아서 해라."

이리저리 떠밀리던 아들 녀석이 한마디 합니다.

"왜 저만 갖고 그러세요? 할아버지하고 아빠도 서서 볼일 보는데요."

전 아들 녀석에게 설명을 해줬습니다.

"형우야, 할아버지는 주로 요강을 쓰시고, 연륜이 있어서 조절을 잘하신다. 그리고 아빠는…… 좀 말하기 뭐하지만, 엄마하고 할머니 잔소리 듣기 싫어서 몇 해 전부터 앉아서 볼일 본다. 흐흐!"

그러곤 한마디 덧붙였습니다.

"그러니까 너도 이사 가서 천덕꾸러기 안 되려면 아무 데나 갈기지 말고…… 앉아서 쏴!"

말은 그렇게 했지만 글쎄요, 한참 혈기왕성한 아들 녀석이 앉아서 볼일을 볼지는 의문입니다.

'두껍아 두껍아, 헌집 줄게 새집 다오. 두껍아 두껍아, 헌집 줄게 새집 다오~ ♬'

30여 년 전 부모님이 일하는 벽돌공장 마당 한편에 쌓여 있던 모래더미 위에서 모래 한 줌을 손등에 올리며 여섯 살 꼬마 아이가 부르던 노래였습니다.

그 꼬마 아이가 이제 중년이 되어 다음 달이면 정말 헌집을 주고 새집을 갖게 됩니다.

두껍아…… 고맙다.

딸아이에게
속옷을 사주며

어제 퇴근하는 길에 4학년 딸아이에게서 문자가 왔습니다.

[아빠, 몇 분 후면 도착이야? 밖에서 기다릴게]

요즘 날씨가 덥다 보니 가끔 딸아이가 제 퇴근 시간에 맞춰 집 앞에서 놀면서 저를 기다릴 때가 있습니다.

문자를 받고 나서 문득 한두 달 전쯤에 아내가 했던 말이 기억났습니다.

"자기야, 송이가 속옷 사달라네?"

"사줘라."

"아니, 그냥 속옷 말고. 자기 반 여자애들도 다들 캡 달린 속옷 입었다고, 자기도 이제 사달래.”

“그래서? 나보고 사오라고?”

“자기가 작년에 그랬잖아. 송이 첫 속옷 선물은 자기가 한다고 약속했잖아!”

딸아이에게 몇 분 후에 도착한다는 문자를 보내고 나서 전집을 지나쳐 윗동네 속옷 가게로 향했습니다. 불이 환하게 켜져 있는 속옷 가게의 문을 열고 들어서는데, 문득 근 사십 평생 처음으로 속옷 가게에 들어선 듯한 기분이 들었습니다. 새 옷에서 풍겨 나오는 특유의 냄새, 너무 환한 조명, 그리고 여자 손님들 속에 묻혀 있는 남정네의 뻘쭘함…… 이런 것들이 한데 어울려 제게 어색함으로 다가왔습니다.

엉거주춤 서성이는 저에게 주인아주머니가 다가와서 인사를 합니다.

“뭐 찾으시는 거 있으세요?”

순간 말문이 막혔습니다.

‘뭐라고 말해야 되지? 분명 무슨 단어가 있었는데……. 1단계 속옷이었나? 퀴즈 프로 1 대 100도 아니고, 무슨 1단계야. 그럼 1코스? 중국 코스 요리도 아니고……. 뭐였더라? 1급? 이것도 아닌 것 같은데.’

이렇게 머릿속에 여러 가지 단어들이 떠올랐지만 딱 맞는 말은 아닌 것 같았습니다.

"저기…… 여자아이 속옷인데요. 처음 입는 속옷요."

말을 하고 나니까 이게 또 이상합니다.

'그럼 지금까지 딸아이가 속옷을 안 입고 다녔나? 처음 입는 속옷이라니…… 흐흐.'

아주머니는 알겠다는 표정을 지으며 저에게 아이들 브래지어를 보여 주었습니다.

"아뇨. 이런 거 말고, 메리야스처럼 생겨 가지고 캡이 달렸다고 하던데."

그제야 아주머니가 알은체를 합니다.

"아! 기초 1단계 속옷요?"

'이런! 1단계가 맞았구나. 1 대 100 퀴즈에서만 있는 게 아니구나. 그럼 나중에는 7, 8단계까지 간다는 건가?'

7천 원짜리 속옷을 까만 비닐봉지에 담아서 집 앞에 도착하니, 딸아이가 멀리서 팔을 벌리고 달려옵니다.

집에 들어가서 까만 비닐봉지를 내밀며 말했습니다.

"저번에 아빠가 약속한 속옷인데…… 예쁘게 포장해서 가지고 오고 싶었지만 사실 송이 사이즈를 몰라서 그냥 사왔어.

다음에 정확한 사이즈 알면 아빠가 예쁜 걸로, 그리고 예쁘게 포장해서 사올게."

속옷을 갈아입고 나온 딸아이는 할아버지 할머니 앞에서 자랑이라도 하듯 저녁 내내 속옷 차림으로 집 안을 배회하다 그대로 잠이 들었습니다.

잠든 딸아이 옆에 잠시 누워 있는데, 아내가 절 물끄러미 쳐다보면서 한마디 합니다.

"송이야 그렇다 치고…… 자기는 어쩔래?"

"뭘 어째?"

아내는 제 가슴께를 내려다보며 이죽거립니다.

"내년쯤에는 우리 집에서 자기 가슴이 제일 크겠어."

이런!

남자가 나이 들면 여성 호르몬 분비가 많아진다는 걸 어디선가 들은 적이 있습니다. 점점 불러 오는 아랫배야 그렇다 치고, 해가 갈수록 점점 커지는 제 가슴은 어떻게 해야 하는 걸까요? 저도 딸아이처럼 캡 달린 속옷을 입어야 하는 건지, 아님 압박붕대라도 감고 다녀야 하는 건지…….

남자는 나이가 들수록 왜 가슴이 자꾸 나오죠? 저만 그런가요?

가족의 소리를
찾아서

   '으아…… 흥…… 아!'

이 소리는 안양시 석수동의 중학교 1학년 남자아이가 책상에 앉아서 시험공부를 하다가 창밖을 보며 5분 단위로 울부짖는 소립니다. 이 녀석, 평소에는 잘 안 먹어서 걱정인 놈이 시험기간만 되면 냉장고를 수시로 들락거리고 8시 뉴스, 9시 뉴스, 마감 뉴스까지 왜 챙겨 보려고 하는지…….

책상에 앉나 싶으면 잠시 후 소리가 들립니다.

"으아…… 흥…… 아! 직선의 세 점을 통과하는 면의 개수가 내 인생에 무슨 도움이 되냐구. 아!"

'딸그락…… 딸그락…… 드르륵!'

이 소리는 안양시 석수동의 80세 되신 할아버지가 새벽 5시에 주방과 베란다를 오가며 하루를 시작하는 소립니다. 아버지는 라디오 기능이 있는 실버폰을 귀에 꽂고 새벽 운동을 나가기 전 자기만의 레시피로 혼자 아침 식사를 챙겨 드십니다. 강된장에 청양고추, 그리고 아버지의 생명수…… 아침이슬 한 컵.

"딸그락…… 딸그락…… 드르륵. ……캬!"

'하하! 호호! 까르르…….'

이 소리는 안양시 석수동의 72세 되신 할머니가 안사돈과 통화하며 내는 소립니다. 사위인 저나 딸인 아내보다 사돈 간에 더 자주 통화를 하시는 것 같습니다.

그런데 문제가…… 경상도 사투리를 억수로 쓰시는 어머니와 전라도 사투리를 허벌나게 쓰시는 장모님 간의 대화 중 서로 50퍼센트는 못 알아들으신다는 겁니다.

"하하! 호호! 까르르……. 머라카요?"

'똑똑! 탁탁! 드르륵! 음…….''

이 소리는 안양시 석수동의 초등학교 5학년 여자아이가 아침에 부모님 방에 노크하고 들어와서 엄마 옷장을 열고 뭐 입을 만한 게 없을까 두리번거리며 상념에 빠지는 소립니다.

딸아이와 아내는 얼마 전부터 같이 컴퓨터 앞에 앉아서 온라인 쇼핑을 합니다. 아내의 지론은 비싼 아이들 옷을 사느니 온라인 쇼핑몰에서 아가씨들 입는 싼 옷을 사면 가격도 좋고 딸아이에게도 맞는다고 합니다. 그리고 가끔 생각보다 큰 사이즈가 왔다며 자기가 입습니다.

"똑똑! 탁탁! 드르륵! 음…… 내 옷을 사는데 왜 자꾸 엄마 옷이 늘어나지?"

'휴…… 에휴! 음…… 휴!'

이 소리는 안양시 석수동의 한 아줌마가 TV를 보며 한숨 짓는 소립니다. 금값이 계속 오른다는 뉴스에 아내가 한숨을 쉬며 저를 쳐다보더니 안쓰러운 표정을 짓습니다. 저는 황당합니다. 금값 오르는 것과 저와는 아무런 연관성도 없습니다.

아내가 우리 남편 불쌍해서 어쩌냐며 혀를 쯧쯧 차더니 제 엉덩이까지 토닥입니다. 도저히 영문을 모르겠습니다.

"휴…… 에휴! 음…… 휴! 쯧쯧…… 자기 어쩌냐? 두 달 전에 술 먹고 이번 결혼기념일에는 백금 세트 해준다고 했는데……. 기억나지? 받는 사람 부담스럽게 금값이 계속 오르네. 에휴!"

'이런…… 씨이!'

이 소리는 안양시 석수동의 한 아저씨가 아내의 백금이란 말에 놀라서 슬그머니 아들 녀석 방으로 들어가 일직선상의 세 점을 통과하는 면의 개수를 생각하며 아들 녀석과 같이 창밖을 내다보다가 가을밤 하늘에 울부짖는 소립니다.

"이런…… 씨이! 백금이고 뭐고, 속도위반 딱지 날아왔던데……."

사춘기 아들
사용설명서

여름방학이 깊어 가면서 자연스레 아내와 중학교 2학년 아들 녀석과의 적대적 관계도 깊어만 갑니다. 저는 아빠로서 사춘기 아들 녀석에게 좀 더 신경을 쓰려고 하지만, 아무래도 아내와 같이 있는 시간이 더 많다 보니 무더운 날씨만큼이나 아내의 몸과 맘이 부글부글 끓고 있는 것 같습니다.

저도 한때는 지금의 아들 녀석과 같은 사춘기를 겪어 봤기에, 엄마들에게 부탁 몇 가지만 하겠습니다.

첫째, 아침에 깨울 때 주의해 주세요.

사춘기 아들 녀석들은 아침에 스스로 일어나는 법이 없습니다. 이런 녀석들을 억지로 깨워서 아침밥을 먹여야 하는 의무가 우리 부모들에게는 있지만, 녀석들을 깨울 때 한 가지만 주의해 주세요.

　　일단 녀석이 비몽사몽간에 이불 속에서 나와 앉아 있으면, 더는 다그치지 말고 좀 기다려 주세요. 침대 위에 앉아 있는 녀석을 막무가내로 식탁으로 끌고 나오면 극심한 부작용을 유발하게 됩니다. 즉, 녀석이 갑자기 허리를 숙이고 아주 엉거주춤한 자세로 끌려 나오다가 급기야 추리닝 주머니에 한쪽 손을 집어넣고 짝다리를 짚는 어정쩡한 자세까지 연출하게 됩니다.

　　이 나이 또래 사내놈들은 눈을 뜨자마자 잠자리에서 벌떡 일어날 수가 없습니다. 자신의 의지와는 상관없이 신체적으로 안정을 취해야 할 일이 있습니다. 그래서 보통은 앉은 채로 판소리 '심청전' 완창은 못할망정 애국가 4절까지는 부르고, 그래도 안 되겠다 싶으면 '부모님 은혜'도 흥얼거립니다. 그러니 다음부터 아들 녀석이 이불 위에 앉아 고개 끄덕이고 있으면 '아, 저 녀석이 지금 남산 위에 저 소나무 철갑을 두른 듯……쯤 하고 있겠구나' 생각해 주세요.

둘째, 화장실 사용법을 강요하지 말아 주세요.

요즘 날씨가 무덥다 보니 냄새에 민감해지는 줄은 압니다. 하지만 녀석이 화장실에서 나올 때마다 흘렸느니 튀었느니 하면서 녀석에게 스트레스 주지 말아 주세요. 아침마다 애국가 4절을 완창하는 애국자 아들 녀석 아닙니까? 그만큼 혈기 왕성한 녀석에게 조준을 잘하라느니, 앉아서 볼일 보라느니 하면서 윽박지르면 반발심만 더 생깁니다. 그러니 조용히 녀석을 앉혀 놓고 이 한마디만 해주세요.

"남자가 흘리지 말아야 할 건 눈물만이 아니다. 한 걸음만 더……."

대한민국 남자들이라면 누구나 다 아는 문구지만, 여자들한테는 좀 생소한 표현일지도 모르겠습니다. 어쨌든 사춘기 아들 녀석에게 남자다움을 강조함과 동시에 배려심도 안겨주는 아주 좋은 문구이니 기억했다가 차분하게 들려주세요.

셋째, 밥 먹을 때 참견하지 말아 주세요.

특히 남자들은 젊으나 늙으나 밥 먹을 때 옆에서 누가 참견하는 걸 굉장히 싫어합니다. 이거 먹어라, 저거 먹어라……. 물론 좋은 것 골고루 먹이고 싶은 부모 마음은 알지만, 녀석이 가지나물하고 고구마 줄기 먹기를 바라는 건 지나친 욕심

같아서 그럽니다. 그리고 많이 안 먹는다고 걱정할 것도 없습니다. 먹지 말라고 말려도 조만간 마구 처먹을 겁니다.

넷째, 아들 녀석 방문을 함부로 벌컥벌컥 열지 말아 주세요.

녀석이 어느 날 혼자 주방에서 계란을 삶아 먹기 시작하면 그 다음부터는 특히 주의해야 합니다. 그냥 '우리 아들 단백질 대사량이 원활하구나' 정도로만 생각하면 됩니다. 그 시기에 아들 방문 잘못 열었다가는 한 달간 서로 눈 못 마주칠 상황이 연출될 수도 있으니까 특히 조심하세요.

참고로 말씀드리자면, 사춘기 아들 녀석에게 그런 상황이 연출되면 그래도 한 달로 끝나겠지만, 스무 살 나이에 그런 상황을 겪고 개나리꽃 피는 입춘 때부터 서릿발 내리는 상강 때까지 어머니와 눈 못 마주친 사람도 있습니다. 누구라고 말은 못하겠지만…….

다섯째, 화를 낼 때는 충분한 워밍업을 해주세요.

'2초 엄마'라는 별명이 붙을 정도로, 웃다가도 단 2초 만에 버럭 화를 내는 엄마에 대한 불만이 사춘기 아들 녀석들한테는 있답니다. 물론 엄마들도 나름의 이유가 있고, 화를 내고 싶어서 내는 게 아니라는 거 압니다. 하지만 이제 아들 녀석도 애가 아니라 남자입니다. 수컷의 특징을 모두 가지고 있습니다. 상황 파악 못 하고, 말귀 못 알아듣고, 같은 얘기 반복하게 만드는 아주 답답한 녀석일지라도, 머리 쓰다듬으며 얘기하다가 한순간 돌변해서 등짝을 후려갈기면 당하는 입장에서는 황당할 수밖에 없습니다. 그러니까 화를 내더라도 충분한 이유와 시간을 가지고 차근차근 워밍업을 해주세요.

사실 이 부탁은 아들 녀석에게만 해당되는 게 아니고, 저에게 더 절실합니다. 제가 가장 무서워하는 말이 뭔지 아세요?

"이리 와서 좀 앉아 봐."

아무 일도 없을 것 같은 평온한 분위기에서 갑자기 뭐가 생각났는지 불쑥 내뱉는 아내의 이 한마디의 공포는 상상을 초월합니다. 이 말을 들을 때면 20년 전 방문을 사이에 두고 마주쳤던 어머니의 눈빛이 떠오릅니다. 흐!

몇 가지 안 되는 주의사항이니까 참고하셨다가 남은 방학 기간 동안 아들 녀석과 원만한 관계 유지하시기 바랍니다.

그리고 한 가지 부탁이 더 있습니다.

아침마다 화장실 들어가서 고대기 들고 30분 동안 앞머리 펴고 앉았고, 한 뼘도 안 되는 핫팬츠 입고 아빠 면도기로 다리털 밀고 있는 초딩 6학년 딸아이. 즉, 아침마다 '어버이 은혜'를 흥얼거리는 아들 녀석의 하나뿐인 여동생. 우리 딸아이 사용설명서 좀 부탁합니다. 저로서는 도저히…….

요즘 들어 도통 이 가시나를 이해할 수가 없습니다. 저번에 길거리에서 어떤 아저씨에게 인사를 하길래 누구냐고 물었더니, 학교 앞 노래방 사장님인데 서비스 팍팍 넣어 준다며 길거리에서 어색하게 아빠를 소개시켜 주는 게 아니겠습니까.

이 가시나를 대체 어찌할까요?

아무도 없었다
······ 그리고

모처럼 마감 회의가 빨리 끝나고 차도 안 막혀서 평소 퇴근 시간보다 40여 분 빨리 집에 도착했습니다. 현관문을 들어서기 전 아내에게서 문자가 옵니다.

[오늘도 많이 늦을 거 같다]

요즘 회사의 기계 교체 작업으로 업무가 지연되는 바람에 며칠째 계속 아내가 늦게 퇴근을 합니다.

[송이랑 밥 챙겨 먹어]

현관문을 열고 들어가니 집 안이 조용합니다. 누님 댁에 다니러 간 부모님 방은 일주일째 굳게 닫혀 있습니다. 중3

아들 녀석은 학원에 가 있을 시간이고, 중1 딸아이도 이웃에 사는 제 이모 집에서 저녁을 먹을 거라고 연락이 왔습니다.

아버지 어머니가 안 계십니다. 아내가 저보다 늦게 퇴근한 적은 몇 년 만에 이번 주 사흘이 처음입니다. 학원 시간대가 다른 남매가 함께 집에 없는 적도 참 오랜만입니다. 여섯 식구가 항상 북적이던 집이…… 오늘은 아무도 없습니다.

이렇게 혼자 집에 있어 본 적이 언제였던가를 떠올려 봅니다. 백만 년은 된 것 같습니다. 그래서 조용히 외쳤습니다.

"올레!"

옷을 벗었습니다. 평소 같으면 반바지로 갈아입고 속옷을 챙겨서 화장실로 갔겠지만, 오늘은 아무것도 안 챙기고 아무것도 안 입고 거실을 가로질러 화장실로 갔습니다. 화장실 문도 열어 놓고 샤워를 했습니다. 콧노래도 한 번 흥얼거렸습니다. 그리고 실오라기 하나 안 걸치고 거실로 나왔습니다. 몇 분을 그냥 그렇게 서성였습니다.

환기를 시켜야겠다는 생각에 옷을 입고 창문을 열었습니다. 저녁 공기가 상쾌합니다. 밥 생각도 딱히 없었던 터라 냉장고에서 이것저것 군것질 거리를 주섬주섬 챙겨 컴퓨터 전원을 켰습니다. 그리고 얼마 전 노출 수위가 어쨌느니 저쨌

느니 했던 영화 한 편을 다운받기 시작했습니다. 10분 걸린 답니다. 소파에 몸을 깊숙이 파묻고 감자 칩 하나를 입에 넣었습니다. '바삭!' 하고 씹히는 소리가 유난히 크게 들렸습니다. 정말, 정말 아무도 없었습니다.

다운로드가 5분여를 지날 즈음 갑자기 작은방 문이 열립니다. 무슨 공포영화에서처럼 삐거덕거리며 조금씩 열린 것도 아니고 그냥 '퍽!' 열리더니 시커먼 물체 하나가 나왔습니다. 그리고 10여 년 가까이 들었던 말을 그 시커먼 물체가 합니다.

"다녀오셨습니까?"

아들 녀석에게 인사 받고 욕한 건 첨입니다.

"깜짝이야! 쌍……."

정말 놀라 죽는 줄 알았습니다.

아침부터 감기 기운이 있었는데 학교 갔다 와서 약 먹고 쭉 자는 바람에 학원은 못 갔다고 합니다. 사춘기 아들 녀석 방문 열었을 때 아들 녀석이 깜짝 놀라는 그림은 많이 봤어도, 방에서 나오는 아들 녀석 때문에 마흔두 살 먹은 아빠가 놀라서 욕하기는 쉽지 않은 일일 겁니다.

"노크하고 나와야지. 놀랬잖아, 시키야!"

말도 안 되는 제 꾸중에 아들 녀석, 대꾸도 안 합니다.

군것질 거리를 다시 집어넣고 아들 녀석과 같이 먹을 저녁상을 차렸습니다.

계란 프라이를 좋아하는 아들 녀석에게 물었습니다.

"프라이 몇 개 먹을래?"

대답이 없습니다.

다시 한 번 크게 물었습니다.

"프라이 몇 개 먹을 거냐고!"

아들 녀석이 화장실로 들어가며 한마디 합니다.

"두 개요. 그리고…… 바탕화면에 뭐 받지 말라니까요. D 드라이브에 받으라니까요."

계란을 깨다 말고 슬쩍 컴퓨터 쪽으로 가 봤습니다. 모니터에서는 서류철이 날아다닙니다.

[두여자.avi 파일이 바탕화면 폴더에서 D:영화 폴더로……. 15 초 남았습니다]

친절하게도 아들 녀석이 옮겨 줬습니다.

이런!

우리 집에는 다섯 분의
현인이 살고 계십니다

거실에 앉아 있는데 부모님 방이 시끄럽습니다. 드라마를 보다가 언쟁이 붙으셨나 봅니다. 두 분은 평소에도 드라마를 보다가 자주 다투십니다. 두 분 다 드라마에 대한 몰입도가 굉장하십니다.

저는 슬그머니 방으로 들어가서 두 분 옆에 앉았습니다. 그런데도 아들에게 눈길 한 번 안 주십니다. 드라마가 끝나갈 때쯤 제가 한마디 했습니다.

"맨날 봐도 그게 그거고 뻔한 드라마를 뭐가 그렇게 재미있다고 싸우면서 보세요? 난 오늘 하루만 봐도 어떻게 끝날

지 다 알겠구만."

어머니가 흘깃 고개를 돌리고 한마디 하십니다.

"너는 술맛을 몰라서 맨날 처먹고 다니냐?"

마흔세 살 범인凡人이 물었습니다.

"뻔한 드라마 뭐하러 보십니까?"

석수동에 사시는 일흔다섯 살 정분순 현인賢人께서 말씀 하셨습니다.

"너그 아버지는 아직도 아침에 눈뜨면 밥 달라칸다. 팔십 년 넘게 먹어 온 밥맛이 궁금해서 밥 달라카겠나? 연속극도 다 그런 기다."

아! 깨달음을 얻었습니다.

중1 딸아이가 휴일 아침부터 커피를 타 오고, 흰머리도 뽑아 주고, 면봉까지 들고 와서는 귀를 대라고 합니다. 과도한 서비스에 제가 한마디 했습니다.

"뭐냐, 원하는 게?"

딸아이가 면봉을 살짝 거두고 속삭입니다.

"우리 오빠들 콘서트하는데, 티켓하고 엄마 설득 좀……."

한 달 전부터 얘기 듣던 거라 내심 못 이기는 척 짧게 고개를 끄덕였습니다. 딸아이가 짧은 환호성을 지르더니 친구한테 전화한다며 자리를 박차고 내달았습니다.

전 속으로 생각했습니다.

'한쪽 귀 마저 판 다음에 승낙할걸……'

마흔세 살 범인이 물었습니다.

"중학생 딸에게 아빠란 존재는 어떤 의미입니까?"

석수동 열다섯 살 송이 현인께서 말씀하셨습니다.

"세상에서 제일…… 다루기 쉬운 남자."

아! 내가 쉬운 남자였구나.

저녁에 동네 사람들과 술 약속이 있어서 아내와 같이 나가려고 하는데, 아내가 거울 앞에서 옷을 입었다 벗었다를 반복합니다.

"자기야, 이 옷 뚱뚱해 보이지?"

"아니."

"뚱뚱해 보이는데?"

"모르겠다니까."

"뚱뚱해 보이네, 뭐."

"별로 티 안 나."

"아니야, 아니야. 춥더라도 좀 슬림하게 입어야겠어! 확실히 뚱뚱해 보여."

참다가 참다가 제가 한마디 했습니다.

"동네 나가는데 뭐, 잘 보일 남자라도 있냐?"

아내가 다른 옷으로 갈아입고 거울 앞에 서서 조용히 한마디 합니다.

"남자한테 잘 보이려면…… 벗고 다녀야지, 입고 다니냐?"

마흔세 살 범인이 물었습니다.

"아줌마가 뭘 그리 거울 앞에 오래 서 있습니까?"

석수동에 사는 마흔세 살 보키 현인께서 말씀하셨습니다.

"마흔 넘은 마누라가 거울 보고 있을 때는…… 그냥 조용히 해라!"

아, 네…….

중3 아들 녀석이 컴퓨터 게임을 하고 있습니다. 방학 기간이라 좀 풀어 주려고 마음먹었지만, 너무 오래 하고 있는 것 같아서 제가 잔소리를 시작했습니다.

"형우야, 아무리 방학 기간이지만 너도 곧 고등학생이 되고…… 주절주절…… 그리고 꼭 공부가 아니더라도 취미생활이라든지 독서라든지…… 주절주절…… 날씨 춥다고 방 안에만 있지 말고 네 나이 때는 그래도 밖에 나가서 운동도 하고…… 주절주절…… 인생이 말이다…… 주절주절……."

5분간의 저의 주절거림이 끝났습니다.

아들 녀석이 짧게 고개를 끄덕입니다.

마흔세 살 범인이 물었습니다.

"내 말 듣습니까?"

석수동에 사는 열일곱 살 형우 현인께서 말씀하셨습니다.

"……."

묵언수행 중인 듯합니다.

아! 더럽게 말 없네, 시키.

밤에 아버지가 주방에서 서성이더니 곧 눈에 익은 장면을 연출하십니다. 아버지 전용 커피잔에 소주를 찰랑찰랑 따라서 한 모금 하십니다.

"아버지, 올해부터 금주하신다면서요?"

갓김치 몇 조각을 그릇에 담아 식탁으로 가 앉으며 아버지가 한마디 하십니다.

"곰곰이 생각해 봤는데 말이다, 사람 마음가짐이 중요한 것 같더라꼬. 술을 술이라꼬 생각하면 술이지만, 술을 물이라꼬 생각하면 물이 되는 거 아니겠나? 이걸 물이라꼬 생각하고 먹으면 이건 술이 아닌 기라. 그냥 물인 기라."

"결론은 그냥 술 드시겠다는 거네요?"

"이건 술이 아니라 물이라꼬 생각하고 먹는다니까."

마흔세 살 범인이 물었습니다.

"그럼 아버지는 왜 물 드시고 나서 김치를 안주 삼아 드십니까?"

석수동 여든세 살 백영춘 옹께서 말씀하셨습니다.

"김치 먹고 물 먹는 기다."

아! 산은 산이요, 물은 물이요, 술도 물이로다.

우리 집에 사는 다섯 분의 현인들과 한 명의 범인, 나이를 합치면 276살입니다. 딱 4년 후에는 300살이 됩니다. 그때까지 현인들 말씀 잘 듣고 잘 살아야겠습니다.

우리 집
사랑과 전쟁

1.

저녁 무렵, 75세 되신 어머니가 주방에서 무언가를 분주히 찾고 있습니다. 그러더니 곧 아내를 부릅니다.

"에미야, 나무주걱 못 봤냐?"

"아뇨, 못 봤는데요."

어머니가 아내를 새초롬히 쳐다봅니다.

"혹시 버린 거 아이가?"

아내가 펄쩍 뜁니다.

"제가 왜 버려요. 잘 찾아보세요. 어머니는 뭐만 없어지면 다 내가 버렸대."

펄쩍 뛰는 아내의 모습에 어머니가 고개를 갸웃거리며 다용도실로 나가십니다.

그 순간, 아내와 제 눈이 마주쳤습니다. 아내의 오른쪽 눈이 찡긋하더니 검지손가락이 입술에 놓여집니다. 이틀 전 아내가 오래된 주방용품 몇 개를 출근하는 제 가방에 넣어 주며 먼 곳에서 조용히 처리하라는 임무를 주었습니다.

잠시 후 어머니가 또 뭔가를 찾습니다.

"에미야! 빨간 소쿠리 못 봤냐?"

아내가 베란다 창고에서 빨간색 소쿠리를 찾아옵니다. 그러면서 한마디 합니다.

"어머니는 항상 어디 놓고서 못 찾으시더라. 나무주걱도 어디 놔두고 못 찾으시는 거 아니에요?"

아내는 두 개를 버리고 하나를 숨겨 놓습니다. 그리고 그 하나를 찾아 주며 버린 두 개의 행방을 오리무중으로 만듭니다. 저희 집은 오늘도 버리려는 자와 지키려는 자의 숨 막히는 두뇌 게임이 계속됩니다.

2.

아침밥을 먹으려고 식탁으로 나오는데 아침 준비를 하시

던 어머니가 저를 조용히 부릅니다.

"에미 자고 있지?"

"네."

제 대답이 떨어지기 무섭게 어머니가 아버지를 부르며 타박하십니다.

"이 영감이 잘 자고 있는 며느리 외박했다고 아침부터 난리야."

올해 83세 되신 아버지가 고개를 갸웃거리며 입을 여십니다.

"그럼 며늘애 신발이 왜 안보이냐? 신발장에 아무리 찾아도 없어. 그래서 안 들어온 줄 알았지."

아버지는 아침마다 식구들 신발을 정리하십니다. 닦을 건 닦고, 어디 떨어진 데 없나 꼼꼼히 살피고 간단한 수선도 해 줍니다. 무슨 연유에서인지는 모르지만, 식구들 신발에 대한 아버지의 집착은 대단합니다.

간밤에 외박했다는 누명을 쓴 아내가 부스스한 모습으로 방에서 나옵니다.

"아버님, 제 신발 수선 맡겼어요. 뒤축이 달아서."

아내의 말에 아버지가 그제야 고개를 끄덕이면서도 서운한 감정을 숨기지 않습니다.

"안 그래도 이번 주에 내가 갈아 줄라캤는데……. 넌 이 시애빌 못 믿냐?"

"제가 아버님을 왜 못 믿어요. 전 그냥 아버님 실력을……."

말끝을 흐리며 아내가 총총히 방으로 사라집니다.

아버지는 뭔가 아쉬운 듯 한동안 신발장을 서성였습니다. 그리고 고등학생이 된 손자 녀석의 신발을 꺼내서 이리저리 살펴봅니다. 이때 어디선가 불쑥 뛰어나온 아들 녀석이 굵직한 음성으로 할아버지 귀에 속삭입니다.

"할아버지, 아직 AS 기간이에요. 제발 본드는……."

아버지는 그래도 쉽게 신발을 내려놓지 못했습니다. 오늘도 저희 집은 본드를 바르려는 자와 피하려는 자들의 눈치 싸움이 이어집니다.

3.

3대가 사는 저희 집은 아침 식사 시간이 제각각 달라 아버지와 제 아침밥은 어머니가 차려 주십니다. 그런데 연세 탓인지 요즘 부쩍 식탁 앞에서 어머니의 잔소리가 많아졌습니다.

그날도 계란말이가 아침 식탁에 놓였습니다. 저는 무심코 옆에 있던 케첩을 접시에 짜 놓았습니다. 이 모습을 보던 어머니가 한 말씀 하셨습니다.

"무슨 케첩을 그리 많이 짜노? 다 먹지도 않을 거면서."

그냥 들어 넘기면 될 것을, 그날따라 저도 말대꾸를 했습니다.

"거 참, 케첩 짜는 거 가지고 뭐라 그러세요? 요즘 들어 엄마 잔소리 많아진 거 알아요?"

아침부터 케첩 때문에 43살, 75살 모자지간에 신경전이 벌어졌습니다.

이후로 몇 마디의 말이 더 오갔고, 전 출근을 했습니다. 그리고 점심때쯤 아내에게서 전화가 왔습니다.

"아침에 어머니하고 한바탕했다며?"

"한바탕은 무슨……. 그냥 아침부터 잔소리하시길래 나도 한마디 했지. 요즘 엄마 잔소리 많아진 건 사실이잖아."

"그래도 그렇지, 왜 아침부터 말대답을 해. 어머니 많이 속상해하셔. 잘 먹지도 않는 케첩 짜 놓길래 말 한마디 했더니 잔소리라 그랬다고. 어머니 입장에서는 서운하지. 나도 형우가 제 딴에는 컸다고 대들고 말대꾸하면 얼마나 서운한 줄 알아?"

퇴근길에 아내에게 전화해서 부모님 모시고 동네 해물탕집으로 오라고 했습니다. 너희들끼리 먹으라는 부모님을 아내가 억지로 모시고 나왔습니다.

어머니가 좋아하시는 해물찜 대짜 하나가 놓였습니다. 그리고 각자 소주 한 잔씩을 앞에 놓았습니다. 어머니는 아직도 떨떠름한 표정을 짓고 계십니다.

저는 밑반찬을 내려놓는 아주머니에게 부탁했습니다.

"저…… 죄송한데 혹시 케첩 있으면 조금만 주실래요?"

반찬으로 나온 샐러드에 케첩이 모자라 그러는 줄 알고 아주머니가 샐러드 그릇 한쪽에 케첩을 넉넉히 짜 주셨습니다. 저는 새우 한 마리를 정성스럽게 까서 소주 한 잔과 함께 케첩을 듬뿍 찍어 먹었습니다. 그리고 앞에서 빤히 보고 있는 어머니 들으라고 한마디 했습니다.

"내가 케첩을 얼마나 좋아하는데……."

돌아오는 대답은 뻔했습니다.

"지랄하고 있네!"

흐흐, 어머니 사랑합니다.

캄보디아 롤
먹어 보셨나요?

후배 녀석 하나가 갓 세 살 된 딸아이의 재롱에 흠뻑 빠져서 여지없이 딸바보가 되었습니다. 그 후배에게 딸이 중학생이 되면 어떻게 되는지 알려 주고 싶어 편지를 띄웁니다.

딸바보가 된 후배 화니에게

선재의 잦은 병치레로 맘고생도 많겠지만, 그래도 방긋 웃는 선재 얼굴 보며 세상 모든 시름 잊고 행복해하는 세상에 둘도 없이 착한 아빠, 화니야!

행복은 딱 거기까지.

이제 중학교 2학년 올라가는 우리 집 공주님 송이는 더 이상 공주가 아니란다. 방학 기간 되니까 잠자는 숲속의 공주가 아니라 그냥 잠자는 숲속의 곰이야, 곰. 동면하는 곰 새끼.

난 아침에 가끔 송이 코에 손가락을 대 봐. 숨은 쉬나 하고 말이야. 어쩌면 그렇게 실신하듯 잠을 자는지……. 그럴 때마다 예전에 우리 어머니가 가끔 나한테 했던 말이 떠올라.

"곰 새끼를 키우면 귀엽기라도 하지."

딱 지금 내 심정이야.

아무리 방학이지만 잔소리 잔소리 해서 공부 좀 하라고 하면 마지못해 책상에 앉아. 그리고 좀 이따 들어가 보면 뭐 하는지 알아? 아마 중학생 딸 가진 부모들은 다 알 거야. 송이만 특별하게 하는 짓은 아니야. 모든 중학생 딸들이 책상 앞에서, 그것도 특히 시험 기간에 꼭 하고 있는 짓. 바로 가위로 앞머리 다듬기.

이놈의 가시나들은 왜 앞머리를 가만 냅두지 못하는지 모르겠어. 자세도 똑같아. 탁상거울을 책상 위에 놓고, 눈 치켜뜨고, 입 반쯤 벌리고, 초파리 염색체 길이만큼 다듬고 있어. 가만 냅두면 두 시간짜리야.

딸아이를 키우다 보면 예쁠 때가 많아. 그중에는 아들 녀석들보다 참 똑똑하다는 것도 한몫해. 그런데 커갈수록 그런 것도 없어져. 며칠 전에는 식탁에서 밥 먹다 말고 뜬금없이 혼잣말을 하더라고. 갑자기 먹고 싶은 게 생각났나 봐.

"아, 캄보디아 롤 먹고 싶다."

혼잣말이지만 너무 당당하고 또렷했지. 난 밥숟가락을 입에 물고 곰곰이 생각했어.

'캄보디아 롤이 뭐지? 쌀 전병 같은 거에 뭐 싸서 먹는 건가? 아니, 그건 월남 쌈인데……. 그럼 뭐지?'

결국 궁금증을 참지 못하고 내가 딸에게 물어봤어.

"캄보디아 롤이 뭐야? 먹어 봤어?"

그랬더니 녀석이 나한테 그런 것도 못 먹어 봤냐는 듯이 피식 웃더니, 자기는 가끔 친구들이랑 먹는대. 나는 기가 죽어 기어들어가는 목소리로 한마디 했어.

"캘리포니아 롤은 먹어 봤어도……."

말이 채 끝나기 전에 딸아이와 눈이 마주쳤는데, 나는 설마 설마 하면서 그래도 천천히 말을 이어 갔어.

"캄보디아…… 롤은 처음…… 들어."

내 말이 점점 늘어질수록 딸아이 표정이 조금씩 일그러지는 거야. 다시 설마 설마 하는데 딸아이 동공이 흔들리더라고. 그래! 설마가 사람 잡았어.

"아…… 맞다! 캘리포니아 롤이구나."

플로리다 롤이라고 했어도 이해하겠어. 아니, 텍사스 롤이라고 해도 이해하겠어. 그런데 웬 뜬금없는 캄보디아냔 말이야. 그런데 더 웃긴 건, 딸아이가 좀 전에 캄보디아 롤 먹고 싶다고 친구한테 카톡을 보냈는데 답장이 와 있더라고. 딱 두 글자.

[나두^^]

아주 쌍으로 쌀 전병을 부치고 있더라고.

가끔 송이가 학교 가는 시간에 나도 출근할 때가 있어. 그래서 태워 주려고 해도 친구하고 같이 가야 된다며 부득부득 먼저 나가는 거야. 내가 차를 몰고 주차장을 빠져나와 집 앞 편의점쯤 가면 먼저 나간 송이가 친구와 편의점 앞에 서 있어. 지금 생각하면 그 친구가 캄보디아 롤을 같이 먹고 싶다던 친구였나 봐.

그런데 눈에 띄는 건, 집에서 나갈 때보다 한층 짧아진 교복 치마 길이야. 중학생 교복을 입고 편의점 앞에 친구와 함께 서 있는 딸아이는 더 이상 공주가 아니야. 그냥…… 갸루상이야.

그래서 결론은, 지금 네가 예뻐 죽는 네 딸도 중학생이 되

면 곰 새끼마냥 동면을 하다가 기껏 일어나서 한다는 짓이 초
파리 염색체 길이만큼 앞머리를 털갈이하고 친구와 캄보디
아 롤이 먹고 싶다는 카톡질을 하는 갸루상이 된다는 거야.

그런데 이런 갸루상을 왜 키우냐고? 그 이유는 아주 간단
해. 언제부턴가 딸아이와 스킨십이 많이 없어졌어. 저도 조
금 컸다는 거지. 그러다 아주 가끔 휴일 오전 소파에 앉아 있
으면 언제 왔는지 딸아이가 이불을 뒤집어쓰고 내 옆에 앉아
서 같이 TV를 봐. 그러다 어느 순간 딸아이가 내 어깨에 기
대어 쉴 때가 있어. 휴일 오전 햇살 속의 그 접촉이 참 좋아.
그냥 그래서 키워.

이게 딸 가진 아빠의 한계인가 봐.

엉큼한
우리 가족

날이 따뜻해지면서 아내의 한숨소리가 깊이를 더합니다. 거울 앞에 있는 시간도 자연적으로 길어집니다.

"어휴…… 왜 이렇게 살쪄 보이지?"

"날도 좋아졌는데 둑방길이라도 좀 돌면서 다이어트 시작해야지?"

다이어트 시작하라는 제 한마디에 아내가 발끈합니다.

"다이어트 시작한 지 꽤 됐어! 당신 몰래 해서 그렇지."

얼굴 없는 기부 천사도 아니고 뭔 다이어트를 몰래 한다는 건지, 원.

중2 딸아이가 책상에 앉아 있길래 공부하나 싶어 다가갔더니 휴대폰을 만지작거리고 있습니다.

"가시나야, 책상에 앉아 있을 때는 휴대폰 좀 내려놔라."

딸아이가 휴대폰을 더 움켜쥐더니 대꾸합니다.

"난 엄마 아빠가 날 감시하면 절대 공부 안 할 거야. 엄마 아빠 몰래 공부할 거야."

가시나! 지가 무슨 조선시대 노비 똘복이도 아니고 왜 공부를 몰래 해?

고1 아들 녀석이 일요일 아침부터 분주합니다. 드라이를 30분째 하고 있습니다.

"아침부터 어딜 가냐?"

"저기 뭐…… 빨리 들어올 거고…… 뭐 하여간…… 친구들이랑…… 빨리 올게요."

얼버무리는 아들 녀석 뒤로 아내가 스치듯 지나며 한마디 합니다.

"이 시키 요즘 일요일마다 교회 다녀."

이 시키가 골고다 언덕에서 예수님 십자가를 몰래 들어 주다 목젖을 두어 대 맞았나, 왜 교회를 몰래 다녀? 우리 집은 종교의 자유가 보장되어 있건만…….

이 녀석 또래의 남자아이들이 교회에 나가는 경우는 딱 두 가지입니다. 첫 번째는 집안이 아주 독실한 기독교 집안일 때인데, 저희 집은 아주 독실한 무교 집안입니다. 두 번째는 뭐 뻔한…… 이성 문제입니다. 저놈 성격에 남자친구 따라서 교회를 갈 리는 만무하고, 새로운 여친이 독실한 크리스천인가 봅니다. 허둥지둥 나서는 아들 녀석 등 뒤에는 몇 년째 장롱 위에서 먼지를 뒤집어쓰고 있던 기타가 둘러메어져 있습니다. 얼씨구, 아주 교회 오빠로 나설 작정인가 봅니다.

거실에서 83세 되신 아버지가 절 살짝 부릅니다. 그리고 베란다로 몰래 데리고 나가더니 제 손에 뭔가를 꼬옥 쥐어 줍니다.

"너만 살짝 봐라."

그러고는 급히 베란다를 빠져나가셨습니다. 손에 들린 쪽지를 조심스럽게 보니 다름 아닌 연금복권 두 장이었습니다. 조금 전 아버지의 비장한 눈빛이 기억나서 황급히 거실을 가로지르는 아버지에게 나지막이 물었습니다.

"이거…… 맞았어요?"

다시 한 번 비장한 눈빛을 번득이며 아버지가 말했습니다.

"맞춰 보라고, 시키야."

아니, 만주 개장수가 상해에서 몰래 가져온 비밀결사 문서도 아니고, 딸랑 연금복권 두 장을 맞춰 보라고 건네면서 뭘 그리 비장한 눈빛을 하셨는지…….

평일 아침 식사 시간에 75세 되신 어머니와 마주 앉았습니다. 요즘 아침마다 이렇게 어머니와 둘이서 식사를 합니다.

어머니가 입을 엽니다.

"너그 아버지 또 몰래 복권 샀지?"

"꿈이 좋으셨대요. 근데 우리 집에서 뭐 아버지만 몰래 하나요? 형우 엄마도 몰래 다이어트하고, 송이도 몰래 공부한다 그러고, 형우도 몰래 교회 가고……."

어머니가 밥숟가락을 입에 넣으시다 말고 웃습니다.

"아이고, 형우 에미는 힘들게 운동하지 말고 맥주나 끊으라카라. 그리고 송이 가시나는 너그 없으면 공부한다고? 지랄이 풍년이다, 가시나!"

저도 한마디 했습니다.

"아버지는 왜 복권을 저한테 주시는 거예요?"

"나한테 걸리면 잔소리 들으니까 그라겠지. 영감이 그 돈으로 나 맛있는 거나 사 줄 생각은 안 하고……. 근데 형우는 왜 갑자기 교회 댕긴다카드나?"

"몰라요. 눈치가 여자친구가 교회 나오라 그런 거 같아요."

어머니가 혀를 차시며 한마디 합니다.

"오메 오메, 올해 우리 집 지랄 농사가 아주 대풍인갑다."

"하여간 우리 집 식구들이 좀 엉큼해요. 엄마하고 저하고 만 빼고. 하하하!"

이때 아내가 부스스 잠자리에서 일어나 주방으로 나옵니다. 그리고 갑자기 숟가락을 문 채 입 꼭 다물고 있는 우리 모자지간을 보면서 한마디 합니다.

"두 분이서 제 흉봤죠?"

갑작스런 며느리의 일침에 어머니가 발끈합니다.

"우리가 뭐, 뭐가 무서워서 몰래 흉을 보냐? 흉볼 거면 뭐…… 대놓고 말하지."

그때 갑자기 식탁과 바로 붙어 있는 작은방에서 평소 깨워 도 안 일어나던 아들 녀석이 제 발로 걸어 나오며 입을 엽니다.

"안에서 들으니까 아빠하고 할머니가 식구들 하나하나 돌 아가면서 다 까던데?"

이런!

아들 녀석의 이 한마디로 우리 집에서 가장 엉큼한 사람 은 어머니와 제가 됐습니다.

중2라는 생명체,
그것이 알고 싶다

이 사건은 8월 18일 올림픽공원에서 있었던 일입니다.

제 휴대폰으로 한 통의 문자가 왔습니다. 중학교 2학년 딸 아이의 문자였습니다. 내용은 이랬습니다.

[아빠, 9시까지 데리러 와 줘요]

저는 급히 현장으로 출동했습니다. 딸아이의 엄마, 즉 아내도 동행을 했습니다.

그 시각 이후 올림픽공원에서 대체 무슨 일이 있었길래 제가 이렇게 '사건 기록 일지'를 쓰고 있는 걸까요?

생각보다 도로 사정이 좋았던 덕분에 우리는 딸아이와의 약속 시간보다 30분쯤 이른 오후 8시 반에 올림픽공원에 도착할 수 있었습니다. 그 시각 그곳에서는 아이돌 그룹의 콘서트가 막 끝나고 중학생 또래의 아이들이 물밀듯이 쏟아져 나오고 있었습니다. 여기서 독자 여러분들의 이해를 돕기 위해, 두 달 전 딸아이의 행동부터 먼저 알아보겠습니다.

지난 6월, 딸아이는 아직 두 달이나 남은 아이돌 그룹의 콘서트 티켓 예매를 서두르고 있었습니다. 휴대폰과 컴퓨터 모니터를 몇 시간이나 주시하더니 어느 순간에 미친 듯이 클릭을 해대기 시작했습니다. 그리고 짧은 탄성과 함께 만세를 부르며 발을 굴렀습니다. 그렇게 열망하던 스탠딩 좌석 예매에 성공한 순간이었습니다.

오매불망 손꼽아 기다린 두 달이 흘렀고, 오늘 이 시각 딸아이는 아이돌 그룹의 콘서트 무대와 가장 가까운 스탠딩석에서 3시간 동안 미친 듯이 5기통 직렬 점핑을 수만 번 했을 겁니다.

주차장에 차를 주차하고 내리려는 순간, 동승한 아내가 저를 제지했습니다. 한 손으로 급히 저를 막은 아내는 차 앞 유리창 너머 한 곳을 뚫어져라 처다보고 있었습니다. 그곳은 다름 아닌 맞은편 벤치였는데, 놀랍게도 그 자리에 딸아이가 앉아 있었습니다. 전화 통화도 하기 전에, 어디서 기다린다는 약속도 없이 정말 운 좋게 바로 딸아이를 찾은 거였습니다.

그런데 딸아이의 모습이 조금 이상했습니다. 우리는 차 안에서 딸아이의 행동을 잠시 지켜보기로 결정했습니다. 우리 눈에 비친 딸아이의 모습이 어딘가 모르게 어색했는데, 그 어색함의 실체는 곧 드러났습니다. 딸아이의 안경이 보이지 않았던 것입니다. 초등학생 때부터 늘 끼고 다니던 안경이 보이지 않아 이상하다고 느낀 바로 그 순간…… 딸아이가 눈을 희번득 까뒤집기 시작했습니다. 그러고는 눈에서 무엇인가를 꺼내는 것이었습니다. 곧바로 아내의 방언이 터졌습니다.

"저 썩을 삐~~ 렌즈는 또 언제 샀는데? 저 삐~~ 하여간 뭐 몰래 사는 건…… 저 가시나, 삐~~삐~~"

얼마가 지났을까, 딸아이는 렌즈를 정리하고 안경을 썼습니다. 잠시 후 다시 주위를 두리번거리더니 허리를 숙였습니다. 이번에는 신발을 벗었습니다. 신발은 집에서 신고 나갔던 운동화 그대로였습니다. 그런데 그때…… 운동화 안에서 무언가 검은 물체를 꺼내는 듯 보였습니다. 이때 아내의 2차 방언이 터졌습니다.

"저 삐~~~ 깔창까지 깔고 다니네. 어머나, 두 겹이야! 저 삐~삐~삐~~ 저 가시나!"

그리고 우리를 더욱 놀라 자빠지게 만든 광경이 눈앞에 펼쳐졌습니다. 가로등 불빛에 비친 딸아이의 흰색 블라우스……바로 시스루룩이었습니다. 집에서 후다닥 입고 나갈 때는 몰랐는데 밖에서 보니 모기장 같았습니다. 아내의 3차 방언이 터졌습니다. 아니, 방언이랄 것도 없이 그냥 "삐~~"의 연속이었습니다. 그러고는 깔끔하게 마무리를 합니다.

"저 미친 염색체!"

저는 이쯤에서 아내를 진정시킬 필요가 있었습니다.

"요즘 애들 저 정도는 다 하고 다니잖아. 송이가 배꼽에 피어싱을 하고 다니는 것도 아닌데 뭐."

그런데 저의 말이 떨어지기 무섭게 딸아이가 벤치 뒤로 가더니 블라우스를 약간 걷어올렸습니다. 저와 아내가 동시에 숨을 멈춘 그 순간…… 딸아이는 흐트러졌던 옷을 추슬렀습니다. 잠시 긴장했던 차 안에 안도의 한숨이 흘러나왔습니다.

그렇게 딸아이는 20여 분간의 단장을 마치고 저와 아내를 맞이했습니다. 물론 본의 아니게 몰래 지켜본 데 대해서는 따로 이야기하지 않았습니다.

중2라는 이 외계 생명체는 차를 타고 집으로 가는 사이에도 같은 외계 생명체들에게 카톡과 전화로 교신하며 3시간짜리 공연을 1시간으로 압축 편집해서 모두에게 들려줬습니다.

그러고 3일이 지난 후, 이 생명체가 배가 아프다길래 병원에 데리고 갔습니다. 의사 선생님은 위염 기가 있다며 스트레스를 주지 말라는 진단을 내렸습니다. 돌아오는 차 안에서 딸아이가 스트레스 주지 말라는 의사 선생님의 말을 제 귓가에 자꾸 되뇝니다. 저, 기가 차고 억울해서 미쳐 버리는 줄 알았습니다. 이런 제 심정을 중2 생명체를 키우시는 분들이라면 모두 이해하고 공분하실 거라 믿습니다.

여기서 마지막으로 중2 생명체를 키우시는 모든 분들께 한 가지만 묻고 싶습니다.

첫 뒤집기에 성공한 다음 방긋방긋 웃고, 배밀이를 하며 바동바동거리고, 첫 걸음마를 하며 뒤뚱뒤뚱 아빠에게 걸어와 두 팔을 흔들며 안겼던 그 깨물고 싶었던 딸아이는 도대체 어디 가고, 하루 종일 휴대폰으로 같은 생명체들과 교신하는 그냥 물어 버리고 싶은 저 외계인은 어디서 툭 하고 튀어나온 걸까요? 그것이 정말 알고 싶습니다.

바른 생활 시아버지와
불량 며느리

　며칠 전, 같이 살고 있는 부모님을 모시고 아내와 넷이서 고향으로 벌초를 갔다 왔습니다. 왕복 8시간, 길이 막히면 그보다 훨씬 더 걸리는 먼 거리지만 아버지는 일 년에 한 번 가는 고향길이 기쁜지 주무시지도 않고 창밖을 내다보며 연신 이야기꽃을 피웁니다. 이때 항상 말동무가 되어 주는 게 아내입니다. 하지만 두 사람의 대화가 그렇게 썩 정겹지만은 않습니다.

　벌초하러 올라가는 산 어귀에서 아내가 밤나무 밑에 멈췄습니다.

"어머나! 밤이 벌써 익었네요. 아버님, 잠깐만요! 여기서 밤 좀 줍고 가요."

진격의 아버지는 가던 길을 멈추지도 않고 한마디 하십니다.

"사 먹어. 아무거나 주워 먹지 말고."

아버지의 시크한 한마디에 아내가 발끈합니다.

"아버님은! 이런 게 다 재미죠. 얼마나 좋아요, 산에서 밤도 줍고."

아버지가 잠시 멈춰 서서 다시 한마디 합니다.

"떨어진 밤도 다 임자 있어. 그냥 사 먹어."

한참 벌초를 하고 있는데 아내가 아버지를 급히 찾습니다.

"아버님, 이거…… 이 버섯 먹는 거 아니에요?"

아버지는 아내의 손에 놓인 버섯을 보는 둥 마는 둥 한마디 합니다.

"아무거나 주워 먹지 말라니까. 버섯 먹고 싶으면 사서 먹어."

아내 역시 아버지의 말을 듣는 둥 마는 둥 연신 버섯을 들춰 보며 혼잣말을 합니다.

"독버섯인가? 아님, 먹는 버섯인가?"

그 모습을 바라보던 아버지가 다시 한마디 합니다.

"먹는 버섯인지 독버섯인지 구분하는 아주 간단한 방법
은…… 애쓰지 말고 슈퍼에서 사 먹어. 슈퍼에선 독버섯 안
팔아."

벌초를 다 마치고 내려오는 길에 아내가 밤나무를 물끄러
미 쳐다보다가 이내 아쉬운 발걸음을 옮깁니다. 그러고는 차
를 세워 둔 마을 입구에 다다라서 대추나무를 발견합니다.

"어머나! 대추 큰 거 봐요, 아버님. 한 움큼만 따서 차례상
에 올리면 좋겠어요."

이 말에 아버지가 고개를 돌리고 입을 실룩이자 아내가 자
진납세를 합니다.

"알았어요. 사 먹을게요. 사 먹는 대추가 맛있어요, 네
네……."

아버지가 실룩이던 입을 멈추는가 싶더니 기어이 한마디
더 하십니다.

"남의 울타리 안에 있는 건 떨어진 거라도 행여나 줍지 마
라. 이 세상에 안 파는 거 없다. 다 사 먹어. 그게 세상에서 젤
맛있고, 몸도 맘도 다 편해."

차를 타고 오는 길에 아내가 깨밭을 지나치며 한마디 합

니다

"아, 저 깻잎……."

말끝을 흐리며 아버지 눈치를 한 번 보더니 한숨을 섞어
내뱉습니다.

"사 먹는 게 더 맛나겠다."

집으로 돌아오는 길에 휴게소에 들렀습니다. 아내와 어
머니는 화장실에 가고, 아버지와 저는 휴게소 장터를 구경하
고 있었습니다. 아버지가 홍삼캔디 하나를 시식하고 계시길
래 제가 물었습니다.

"한 봉지 사 드릴까요?"

아버지는 겨우 저에게만 들릴 만큼 낮은 목소리로 대답
하십니다.

"이런 데서 사면 비싸."

그러고는 슬그머니 시식용 캔디 한 개를 더 챙기더니 차
로 가셨습니다.

언제 나왔는지 아내가 그런 아버지의 뒷모습을 물끄러미
바라보다가 만 원짜리 홍삼캔디 한 봉지를 집어 들었습니다.
그리고 후다닥 계산을 마치고는 차로 뛰어갑니다. 저도 얼떨
결에 같이 차에 타서 시동을 거는데, 아내가 뒷좌석에 앉아

계신 아버지에게 사탕 봉지를 내밀며 한마디 합니다.

"아버님, 사탕 드세요. 그리고 그렇게…… 얻어 드시지 말고요. 사 드세요. 나이 드시고 그렇게 얻어먹는 거 보기 안 좋아요. 꼭 사 드세요. 아셨죠, 아버님? 사 먹는 게 젤 맛있어요."

영 떨떠름한 표정으로 아버지가 주머니에서 무언가를 꺼내서 아내에게 전합니다.

"너도 이거나 먹어라."

아내의 손에는 반짝반짝 윤이 나는 알밤 몇 개가 놓여 있었습니다.

그렇게 서울로 올라오는 차 안에서 아버지는 사탕을 먹고 아내는 밤을 까먹었습니다. 그때 뒷좌석에서 낮게 웅얼거리는 어머니의 목소리가 들렸습니다.

"둘이 입에 뭘 물고 있으니 세상이 다 조용하다. 진작 물려 놓을걸……. 에이구, 시끄러워!"

여자를 기쁘게 하는
세 글자

일요일 아침, 아내와 동네 한 바퀴를 돌고 나서 전날 먹은 술 핑계를 대고 순댓국 한 그릇씩을 했습니다. 순댓국 그릇에 파 한 수저를 넣어 주며 아내가 넌지시 묻습니다.

"있잖아…… 내가 요즘 집에서 흑마늘 말리잖아. 근데 그게 냄새가 아주 심하잖아. 냄새 때문에 창문을 열려고 해도, 창문 열면 요즘 나 감기 기운 있어서 춥잖아."

아내의 말이 다 끝나기도 전에 제가 한마디 했습니다.

"지금 내 앞에서 개콘 유행어 흉내 내는 거냐?"

아내가 웃으며 말을 이어 갑니다.

"지금 그 얘기가 아니잖아. 하여간 문을 닫아 놓자니 머리 아픈 냄새가 나고, 창문을 열자니 감기 기운 때문에 너무 춥고……. 창문을 열까, 닫을까?"

일요일 아침부터 뜬금없는 아내의 질문을 받은 저는 눈꺼풀이 풀어졌지만, 그래도 잠시 생각에 잠긴 척했다가 대답해 줬습니다.

"일단 창문을 열고…… 이불을 뒤집어써라. 됐냐?"

아내가 숟가락을 입에 물고 다시 한 번 묻습니다.

"뭐, 더 이상 할 말은 없고?"

아내가 집요하게 물어보는 걸 보니 뭔가 테스트인 것 같기도 해서 한마디 더 했습니다.

"보일러 잠깐 돌리든가."

쓴웃음인지 비웃음인지 아내의 입꼬리가 살짝 올라갑니다.

순댓국을 다 비워 갈 때쯤 아내가 다시 좀 전의 이야기를 꺼냈습니다. 아내는 어제 본 드라마에서 나왔던 장면을 조금 응용해서 물어본 거라고 했습니다. 이런 질문에 여자들이 듣고 싶은 대답은 문을 닫고 열고가 아니라고 합니다. 문을 닫든지 열든지 그건 결국 여자가 알아서 할 일이고, 남자에게 바라는 대답은 단 한마디…… '몸은 괜찮아?'

"픕!"

제 사레 기침소리에 놀란 순대 한 개가 옆구리가 터지면서 당면이 국에 흩어집니다. 갑자기 묻고 싶습니다.

'순대야, 괜찮아?'

일요일 오후, 이른 저녁을 준비하느라 아내가 주방에서 분주합니다. 구수한 된장찌개 냄새가 나는가 싶더니 아내가 저를 부릅니다.

"여보! 저번에 올라온 시골 된장으로 끓였더니 찌개가 너무 짜다. 어제 미역국 먹다 남은 거 있는데, 자기는 미역국 줄까? 응? 된장찌개 줄까, 미역국 줄까?"

저는 주방에 있는 아내에게 다가가 한마디 했습니다.

"괜찮아?"

아내가 경계의 눈빛을 보냅니다.

"아니…… 간 보다가 입이라도 덴 거 아니야? 괜찮아?"

아내가 경계의 눈빛을 풀고 허공에 손을 휘젓습니다. 꺼지라는 시늉입니다.

그때 중학교 2학년 딸아이가 방에서 나오며 아내를 찾습니다.

"엄마, 내 체육복 어디 있어요? 책가방하고 장롱 다 찾아봐도 없는데?"

저는 이때다 싶어 딸아이에게 슬쩍 다가가며 한마디 했습니다.

"괜찮아?"

딸아이도 역시 경계의 눈빛을 보냅니다.

"아니…… 체육복 찾다가 눈알이라도 빠진 거 아니야? 눈 괜찮아?"

딸아이가 슬슬 자리를 피합니다.

저녁상이 다 차려질 때쯤 75세 되신 어머니가 오후 운동을 마치고 집으로 들어오십니다. 식탁에 앉아 있던 제가 어머니에게 한마디 했습니다.

"괜찮아요?"

어머니 역시 경계의 눈빛까지는 아니지만 의아한 눈빛을 보냅니다.

"날도 추워지는데 요즘 운동하기 괜찮으시냐고요."

어머니가 물 한 잔을 따르다 말고 기가 차다는 듯 한마디 하십니다.

"아이고, 씨오매야! 오래 살다 보니까 아들 새끼한테 괜찮냐는 안부 인사를 다 들어 본다."

어머니가 물컵을 내려놓고 제 이마에 손을 한 번 올려보고는 고개를 갸웃거리며 방으로 들어가십니다.

어머니가 크게 착각을 하셨나 본데, 사실 제가 괜찮냐는 말을 한 건 이번이 처음이 아니라 세 번째입니다. 첫 번째는 25년 전 원하던 대학에 떨어지고 재수를 하겠다고 선언하자 어머니가 소파에 풀썩 주저앉으실 때 한 번 했습니다.

"엄마, 괜찮아?"

그리고 18년 전 25살 되던 해, 저 결혼해야 될 것 같다고 통보하자 어머니가 소파에서 바닥으로 풀썩 주저앉으실 때 한 번 더 했습니다.

"엄마, 괜찮아?"

일요일 아침 순댓국을 먹으며 뜬금없이 들은 이야기지만, 진심으로든 장난기로든 내뱉은 '괜찮냐'는 말이 왠지 기분 좋게 제 입에서 하루 종일 맴돌았습니다. 참 흔히 쓰는 말 같은데…… 가만히 생각해 보니 먼 사람들에게는 자주 하는 안부 인사지만 정작 가깝고 소중한 사람들에게는 인색했던 것 같습니다.

마치 새로운 단어 하나를 배운 기분입니다.

'괜찮아?'

이 세 글자, 참 괜찮습니다.

명품백과
영어 단어

온 가족이 TV를 보다가 명품백 이야기가 나왔습니다. 그런데 고1 아들 녀석이 대뜸 저에게 묻습니다.

"아빠는 엄마한테 명품백 몇 개 사줬어?"

갑자기 훅 들어온 아들 녀석의 기습 공격에 저도 모르게 막말이 나와 버렸습니다.

"죽을래?"

그래도 아들 녀석이 기죽지 않고 계속 염장을 지릅니다.

"한 개는 사줬겠지?"

옆에 앉은 아내의 코웃음을 애써 외면하며 아들 녀석에게

침착하게 한마디 했습니다.

"형우야, 명품백이란 게 얼만지 아냐? 네가 생각하는 몇십만 원짜리 그런 게 아니야. TV에 나오는 저런 명품백은 적어도 몇 백만 원씩 해. 알았냐, 짜식아!"

아들 녀석의 등을 토닥이며 대화를 마무리 지으려는데 아들 녀석이 또 물어 옵니다.

"나도 알아, 몇 백 하는 거. 그래도 결혼생활 17년인가 18년인가 하면서 좀 모아서 사주지 그랬어요."

아들 녀석이 제 눈을 똑바로 쳐다봅니다. 제 눈동자의 떨림을 보았는지 공격을 멈추지 않습니다.

"하루에 천 원씩만 모았어도 음…… 대충 한 5백은 됐잖아요."

갑자기 목이 타서 음료수 잔을 드는데 컵 속의 음료수가 바르르 진동을 합니다. 다른 손에 들고 있던 휴대폰의 진동인 줄 알았는데, 그냥 제 손의 떨림이었습니다.

여기서 잠깐 광고 하나만 하고 가겠습니다.

전국에 계신 여성분들에게 제 아들 녀석을 사윗감이나 남편감으로 적극 추천합니다. 이 녀석은 결혼을 하면 하루에 천 원씩 모아서 나중에 아내에게 명품백을 선물할 아주 성실

하고 로맨틱한 놈입니다. 안양 모 고등학교에 다니는 백형우라는 이름을 꼭 기억하셨다가 나중에 명품백 꼭 선물 받으시기 바랍니다.

음료수 한 잔을 다 마시고도 목이 타서 입맛을 다시고 있는데, 지금까지 아무 말 없이 옆에서 흐뭇한 미소만 짓고 있던 아내가 벌떡 일어나서 아들 녀석 손을 꼭 잡으며 말합니다.

"오메, 내 새끼! 너 운동화 떨어졌다며? 내일 사러 가자. 뭐 특별히 봐 둔 거 있어? 오메, 내 새끼 이쁜 거…… 엄마 속이 다 시원하다. 쪼옥!"

도저히 눈 뜨고는 못 볼 광경이라 전 그냥 소파 끝에 걸터앉아 창밖만 바라봤습니다. 뭐, 돌이켜 보니 딱히 틀린 말도 아니라는 생각이 들긴 했습니다.

그때 아까부터 방과 거실을 오가며 학원 숙제를 하던 중학교 2학년 딸아이가 눈에 들어왔습니다.

"송이야!"

딸아이 이름을 부르고 한숨을 한 번 쉬었습니다.

"송이야, 넌 꼭 너희 오빠 같은 인간이랑 결혼해라. 아빠 같은 인간하고 결혼하면 명품백 한 번 못 들어 본다. 너희 오빠같이 하루에 천 원씩 모을 수 있는 인간하고 꼭 결혼해라."

저의 촉촉한 눈망울을 느꼈는지 딸아이가 제 눈을 한 번 쳐다보고는 자리에서 일어나며, 아직도 아내의 손을 꼭 잡고 있는 아들 녀석에게 한마디를 합니다.

"오빠야. 오빠도 중학교 때부터 하루에 영어 단어 하나씩만 외웠어도 아빠 가슴 아프게 하는 영어 점수는 안 받아 올 텐데……."

천사의 속삭임과도 같은 딸아이의 목소리 여운이 채 가시기도 전에 딸아이는 다시 총총히 방 안으로 사라졌습니다.

다음날 아침, 저는 출근길에 딸아이 방에 들어갔습니다. 그러고는 방학이라 침대에서 꿀잠에 빠져 있는 딸아이 귓가에 나지막이 속삭였습니다.

"아빠가 베개 밑에 3만 원 넣어 뒀다. 요 앞 레드미용실 모닝파마가 2만 5천 원이라고 쓰여 있더라. 아침에 좀 빨리 일어나서 방학 동안에 하고 싶다던 파마 꼭 해라. 이쁜 내 새끼. 쪽!"

이야기 셋

앙큼발랄한
아내

인터넷으로 옷을 산
아내의 한탄

오늘 회사로 택배 하나가 왔습니다. 아내가 온라인 쇼핑몰에서 옷을 구입했나 봅니다. 택배가 집으로 바로 오거나 아내 직장으로 가서 집에 들고 들어오면 부모님한테 눈치 보인다며 꼭 제 회사로 보냅니다.

부피가 작은 걸 보니 여름옷인 것 같습니다.

택배 물건을 가방에 챙겨 넣고 퇴근을 한 저는 집에 들어오자마자 바로 주지 않고 잠자리에 들기 직전 가방에서 꺼내 아내에게 전달합니다.

포장지를 개봉하는 아내의 표정은 마치 인디애나 존스가 보물상자를 열 때처럼, 어떻게 보면 경건하기까지 합니다. 그러나 표정과 달리 손길만은 빠릅니다. 아내는 부리나케 옷을 꺼내 입고는 거울 앞에 섭니다. 경험상 딱 여기까지가 아내의 행복입니다.

첨엔 잠옷을 산 줄 알았습니다. 옷감 재질이 창호지인지 꾸깃꾸깃한 데다 속이 훤히 들여다보입니다. 원피스도 아니고, 그렇다고 남방도 아닌 것이, 어정쩡한 모양새입니다.

원더우먼이 변신하는 자세로 이리저리 몇 바퀴를 돌아 보던 아내의 얼굴이 점점 어두워집니다. 항상 그렇습니다. 저렇게 매번 실망을 하면서 왜 사는지…….

자, 이제 아내가 코디에 들어갑니다. 벨트도 차 보고, 민소매 티도 받쳐 입어 보고, 레깅스도 입어 보며 어떻게든 마음에 안 드는 옷을 만회해 보려 합니다. 하지만 아내 표정은 점점 더 어두워집니다.

제가 택배 물건을 집에 들어오자마자 바로 주지 않고 잠자리에서 건네준 건 바로 이런 이유 때문입니다. 만약 퇴근하자마자 줬다면 저녁 내내 아내의 어두운 표정을 봐야 했을 겁니다. 이게 다 경험에서 우러나오는 삶의 지혜입니다.

급기야 아내가 컴퓨터를 켭니다. 그리고 쇼핑몰을 다시 뒤져 자기가 산 옷을 찾아봅니다. 슬며시 어깨 너머로 모니터를 들여다보던 저는 순간 터져 나오는 웃음을 참느라 입을 틀어막아야 했습니다.

'저 모델이 입고 있는 옷이 정녕 아내가 지금 입고 있는 옷이란 말인가?'

모니터에는 스무 살 정도의 앳된 아가씨가 여러 각도로 찍은 사진들이 쭉 펼쳐져 있습니다. 분명 아내가 입은 옷은 무릎 아래까지 내려오는 원피스인데, 모델이 입은 옷은 무릎 위 20센티미터쯤 올라간 좀 긴 남방 정도였습니다. 그리고 늘씬하게 쭉 뻗은 레깅스의 각선미라니!

아내가 신경질적으로 스크롤을 내립니다. 그 맨 마지막에 모델 정보가 눈에 들어옵니다.

'신장 165.'

급기야 아내가 육두문자를 섞어 중얼거립니다.

"젠장…… 10센치는 줄여야겠네."

전 재빨리 자리에 누웠습니다. 괜히 얼쩡거리다가는 불똥이 저한테까지 튈 게 분명합니다.

아내가 자리에 누우면서 다시 한 번 중얼거립니다.

"낼 아침에 다시 입어 봐야지."

전 더 이상 참지 못하고 웃음을 터트렸습니다.

아내가 절 째려보면서 내지릅니다.

"내가 5센치만 더 컸어도 당신한테 시집 안 왔어."

가끔 아내가 써먹는 레퍼토리입니다.

전 차마 겉으론 말 못하고 속으로 읊조립니다.

'당신은 5센치가 더 커도…… 여전히 아담해. 흐흐흐.'

어설픈 아내

얼마 전 직장생활을 시작한 아내가 첫 월급을 타면 뭐부터 할까…… 저는 내심 거기에 대한 궁금증을 가지고 있었습니다. 짐작대로 아내는 아들 보약부터 챙기더군요. 지금까지 변변한 보약 한 번 못 해줬던 게 마음에 걸렸나 봅니다.

저한테 전화해서는 유명 브랜드의 '○○장군'이라는 홍삼 제품을 선택하려는데 어떻게 생각하느냐고 묻길래, 알아서 하라고 했습니다.

퇴근하고 집에 와 보니 아들놈 책상 위에 홍삼 박스가 놓여 있었습니다. 그리고 벌써 한 봉을 먹었는지 빈 봉지 하나가 놓여 있고, 좀 떨어진 곳에 '바이탈 홍삼' 어쩌고 하는 박스 한 개가 더 있더군요. 그 박스를 들고 이리저리 살펴보니 위에 조그맣게 '증정품'이란 스티커가 붙어 있었습니다. 비싼 제품이다 보니 선물로 하나 받았겠구나 싶었죠.

저녁 식사를 하면서 제가 아들 녀석에게 농을 걸었습니다.

"야, 아들! 엄마가 돈 버니까 홍삼까지 먹고 좋겠다. 아빠도 홍삼 좋아하는데…….”

그러자 아내가 슬쩍 방으로 들어가더니 박스 하나를 가지고 나오면서 말합니다.

"이건 당신 거."

제 눈앞에 내밀어진 건 다름 아닌 '바이탈 홍삼' 어쩌고 하는 그 증정품.

전 모르는 척 아내에게 인사말을 건넸습니다.

"아니 뭐, 내 것까지 사 왔어. 비쌀 텐데…….”

"뭐 그렇게 비싼 건 아니고……. 음…… 그냥 당신 서운할까 봐 하나 더 샀어."

전 속으로 피식 웃음이 나오더군요. 거짓말 잘 못하는 아내가 제 눈을 쳐다보지도 못하고 먼산을 보면서 삐죽삐죽거리는 모습이 재밌기도 했습니다. 그래서 전 박스를 여는 척

하면서 자그맣게 붙어 있는 '증정품'이란 스티커를 떼서 아내 손등에 살포시 붙여 주었습니다.

손등 위의 스티커를 물끄러미 쳐다보던 아내가 그제야 배시시 웃습니다.

"어머, 이런 게 붙어 있었네."

항상 하는 일이 좀 어설픈 아내.

"설푼아, 담부턴 속이려면 좀 확실히 속여라. 어?"

싸움의 기술

얼마 전, 아직 신혼인 친구와 대화를 하다가 부부싸움이 화제에 올랐습니다.

친구 너희 부부는 부부싸움 별로 안 하는 것 같더라?

나 글쎄…… 만 12년을 살면서 제대로 된 부부싸움은 한 번도 안 한 것 같은데.

친구 진짜?

나 부부싸움이란 게 어디까지냐가 문제지만…….

친구 서로 치고받고 싸운 적?

나　없어.

친구　서로 물건을 집어던진 적?

나　없어.

친구　서로 욕이나 심한 말을 주고받은 적?

나　없어.

친구　그럼 언성이라도 높이고 싸운 적?

나　없어.

친구　뭐야? 그럼 서로 말다툼도 안 해?

나　사소한 말다툼 정도야 하지. 젤 심한 건 하루 정도
　서로 삐쳐서 말 안 하는 정도.

친구　음…… 너희 부부 문제 있다!

　친구와의 몇 마디 대화로 12년 동안 부부싸움 한 번 제대로
하지 않은 우리 부부는 문제가 많은 부부로 판정이 났습니다.

　그런데 이런 얘기를 처음 듣는 게 아닙니다. 좀체 부부싸
움을 하지 않는 우리 부부가 오히려 문제의 소지를 안고 있
다는 말을 간혹 듣습니다. 그 말을 하는 사람들의 지론은, 부
부간에 언성도 높여 가며 싸우고 화해하고 그런 과정을 겪어
야 서로 가슴속에 쌓이는 것도 없고 원만한 부부생활을 유지
한다는 것입니다.

물론 그 말도 일리 있는 말이라고 생각은 합니다. 하지만 억지로 큰소릴 내가며 싸울 수는 없지 않습니까.

그렇다고 우리 부부가 세상에 둘도 없는 금실을 자랑하는 한 쌍의 바퀴벌레인가 하면, 그렇지는 않습니다. 다만 우리 둘 다 큰 문제가 있는데, 그건 바로 싸움의 기술이 없다는 것입니다. 한마디로 둘 다 싸움을 잘 못합니다.

우습게 들리겠지만, 이 문제로 우리 부부는 나름 심각한 고민에 빠질 때가 있습니다. 우리 부부가 싸움을 못해서 안 하는 것인지, 아니면 싸움을 안 하다 보니까 못하는 것인지를 말이죠. 손뼉도 마주쳐야 소리가 난다고 했는데, 우리 부부는 처음부터 서로 손바닥조차 펴질 못합니다.

그래서 요즘 우리 부부는 결혼생활 12년 만에 서로 암묵적으로 싸움의 기술을 익혀 가고 있습니다. 그 모델로 삼는 게 동네 형님 부부입니다. 형님이 사업을 하는 관계로 술자리가 잦다 보니 집에 밤늦게 들어갈 때가 많습니다. 형수님 또한 직장에 다니며 가사일에 시달립니다. 그러다 보니 서로 자주 다툽니다. 그분들이 다투고 나면 아내는 형수님의 호출을 받고 밤중에 불려 나가서 말동무가 되어 주며 위로 아닌 위로를 해주고 옵니다.

그런데 문제는 다음날입니다. 부부 동반으로 술 한잔하기로 약속을 하고 나면, 우리 부부는 형님 부부를 만나기 전부터 걱정이 태산입니다. 혹시 분위기가 안 좋으면 어쩌나 하고……. 그러나 항상 당하는 쪽은 우립니다. 형님 부부는 언제 싸웠냐는 듯 아주 눈꼴 시린 닭살 애정행각을 자랑합니다.

전 집에 돌아오면서 투덜거립니다.

"저놈의 집구석은 도대체 알 수가 없네. 싸우기도 잘하고, 화해도 잘하고……. 무슨 특별한 기술이라도 있는 거야?"

몇 년을 봐 왔지만 형님 부부는 싸움도 잘하고 화해도 잘합니다. 우리 부부가 싸움의 기술을 익히기에는 아주 딱 맞는 모델입니다. 싸움의 달인인 이 부부를 거울(?)삼아 우리 부부도 앞으로 부단히 노력해야겠습니다.

그런데 부부싸움의 기술을 익히기 전에 먼저 보완되어야할 우리 부부의 약점이 있습니다. 말다툼을 할 때 저의 약점은 흥분하면 말을 더듬는다는 것입니다. 버벅거리는 제 자신이 창피해서 더는 말이 안 이어집니다.

'동네 형님을 보라! 항상 당당하고 우렁찬 음성을!'

다행히 아내는 말은 안 더듬습니다. 하지만 자기 설움에 복받쳐 눈이 시뻘게지고 금세 닭똥 같은 눈물을 흘립니다. 시작도 하기 전에 스스로 전의를 상실하는 스타일입니다.

'동네 형수님을 보라! 똑 소리 나고 앙칼진 음성을!'

일요일날 우리 부부에게 작은 다툼이 있었습니다. 다툼이라고 해봤자 서로 삐치는 정도지만, 이럴 때 아내가 하는 말이 있습니다.

"당신은 내가 왜 화가 났는지도 모르지?"

참 어려운 질문입니다.

'어, 몰라'라고 대답하면 분명히 '당신이 그렇지, 뭐'란 답이 돌아올 거고, '알아'라고 대답하면 '알면서 그래?'란 답이 돌아올 겁니다. 그렇다고 묵비권을 행사하면 더 큰 화를 불러옵니다.

이럴 땐 어떡하느냐고 형님에게 자문을 구했습니다. 형님은 딱 한마디 하셨습니다.

"엎드려!"

"네?"

"코 박고 무조건 엎드려. 여자는 이유 없이 뭐라고 안 그래. 엎드릴 땐 확실하게 엎드려서 나 죽었소 해."

그제야 전 어렴풋이 깨달았습니다. 부부싸움을 한 다음 날에도 형님이 고기반찬을 얻어먹는 이유가 바로 거기 있었구나 하고.

이제부터 우리 부부는 싸움의 기술을 익혀 가며 멋있는(?) 부부싸움을 할 겁니다. 그러기 위해 제가 아내에게 제안했습니다. 우리의 약점 즉, 버벅이와 찔찔이의 탈출 훈련을 하자고 말이죠.

전 싸우기 전에 미리 원고지 석 장 내외로 할 말을 정리해서 또박또박 읽는 연습을 해야겠습니다. 그리고 아내에게는 눈물을 참으며 말하는 연습을 위해 양파 까기 훈련이라도 시켜야겠습니다.

우리 부부, 그러고 나면 대차게 부부싸움 한 번 할 수 있을까요?

자기야,
쉬 마려!

며칠 전 오후에 아내에게서 문자가 왔습니다.

[자기야, 쉬 마려……]

결혼 13년차, 문자를 받다 받다 이제는 별 문자를 다 받습니다.

저도 한마디 보냈습니다.

[싸!]

잠시 후 다시 문자가 왔습니다.

[화장실에 못 가]

저는 아내가 퇴근길에 몹시 급했나 보다 생각했습니다.

[주위에 큰 건물 없어? 아니면 가까운 주유소를 찾아]

바로 다시 문자가 왔습니다.

[집이야]

'이 여자가 지금 나하고 장난을 치려는 건가?'

[너 또 아버지랑 둘이서 낮술 먹었냐? 일단 디비져 있는 네 몸을 일으켜. 그리고 방문을 열고 거실로 나가서, 화장실 문을 열고 변기에 앉아. 그리고…… 싸!]

잠시 후 다시 문자가 도착했습니다.

[아버님 친구분 오셨어. 화장실 앞에서 술 드셔]

전 그제야 사태를 파악했습니다. 우리 집 구조상 식탁에서 자리를 좀 빼고 앉으면 화장실 문을 가리게 됩니다. 아마도 아버지 친구분이 그쪽 자리에 앉으셨나 봅니다.

[내가 아버지한테 전화라도 해줄까? 며느리 화장실 좀 보내 달라고 ㅎㅎ]

몇 분이 흐르고, 아내에게서 문자가 왔습니다.

[자기야, 시원해]

아내에게 전화했습니다.

"쌌냐? 아버지 친구분 가셨어?"

"아니, 아직 계셔. 나의 구세주가 오셨어."

"애들 왔어?"

"아니, 어머님이 마실 갔다가 지금 오셨길래 내가 일러바쳤어. 어머님이 술상 다시 차려서 방으로 보내셨어. 헤헤."

퇴근하고 집에 들어갔더니 역시 예상대로 어머니가 아버지에게 일침을 놓고 계셨습니다.

"며느리가 집에 있으면 눈치껏 방에 들어가서 드시지, 애들 불편하게 왜 밖에서 드시고 그래요?"

약주가 얼큰하게 취하신 아버지는 눈만 껌뻑껌뻑하고 계십니다.

어머니가 다시 입을 여십니다.

"에미야, 너도 다음에 니 친구들 데리고 와서 아버지 방문 앞에 술상 차려 놓고 놀아라."

아버지, 방으로 들어가 편안하게 몸을 누이면서 한마디 하십니다.

"우리 방엔…… 요강 있다."

휴대폰이
남편보다 좋다는 아내

얼마 전 아내가 5년 동안 써 왔던 휴대전화기를 바꿨습니다. 어느 아이돌 그룹이 선전하는 최신형 휴대폰입니다.

아내는 요즘 자나 깨나 분홍색 폴더형 휴대폰을 끌어안고 삽니다. 그런데 생각보다 이 전화기가 큽니다. 두께는 얇은데, 폴더를 펼치면 아내의 작은 얼굴을 다 감싸고도 남습니다.

"형우 엄마! 휴대폰이 너무 커서 당신 얼굴을 다 가린다."

"휴대폰이 큰 게 아니라 내 얼굴이 작은 거지."

"뭐…… 아무튼, 그 휴대폰 폴더 열고 한 다섯 개 정도 세로로 쌓으면 당신 키만 하겠다."

한 대 맞았습니다. 매를 버는 저의 깐죽임이었지만, 저녁 내내 휴대폰을 들고 저에게는 눈길 한 번 안 주는 아내의 행동에 대한 서운함의 성토이기도 했습니다.

최신 휴대폰에 대한 아내의 집착에 살얼음을 걷던 며칠이 지나고, 드디어 어제 저녁 일이 벌어졌습니다. 아내가 잠시 자리를 비운 사이 전 아내의 휴대폰을 만지작거리다 최신 오락 기능이 있는 걸 알게 되었습니다. 요즘 휴대폰 게임 중에는 모션 기능이 있어서 버튼을 누르지 않고 휴대폰의 움직임만으로 하는 게 있습니다. 모든 휴대폰 게임이 그렇듯이, 이것 또한 단순하면서도 은근히 중독성이 강합니다. 전 아내가 들어온 줄도 모르고 모션 기능의 야구 게임에 몰두해 있었습니다.

"휴대폰 내놔."

"잠깐만……. 기록만 세우고."

전 더 심하게 휴대폰을 이리저리 흔들어댔습니다.

"휴대폰 가져오라니까!"

"한 게임만 더……."

다급해진 저는 더욱 강렬하게 휴대폰을 휘둘러대기 시작했습니다.

"그러다 휴대폰 속 납땜이라도 떨어지면 어쩌려고 그래!"

아내가 소리를 지릅니다.

"이게 무슨 트랜지스터라디오냐? 납땜이 떨어지게……."

전 치사하다며 휴대폰 폴더를 덮고 이불 위로 던진다는 게 그만…… 방바닥으로 날아가고 말았습니다. 둔탁한 소리를 내며 떨어진 휴대폰을 부여잡고 아내는 이리저리 살펴보더니 정말 잡아먹을 듯한 기세로 달려들었습니다. 휴대폰 한번 잘못 던졌다가 저, 골로 가는 줄 알았습니다.

아내의 씩씩거림이 가라앉을 무렵, 제가 넌지시 물었습니다.

"내가 좋냐, 휴대폰이 좋냐?"

말이 떨어지기 무섭게 아내의 대답이 돌아왔습니다.

"휴대폰!"

"그럼 형우가 좋냐, 휴대폰이 좋냐?"

"휴대폰!"

"그럼 송이가 좋냐, 휴대폰이 좋냐?"

"휴대폰!"

"그럼 장모님이 좋냐, 휴대폰이 좋냐?"

"<u>핸드포오오오온!</u>"

전 할 말을 잃고 돌아서다 마지막으로 물었습니다.

"나하고 휴대폰하고 물에 빠지면 뭐부터 건질래?"

뜻밖에도 아내의 대답에 시간이 걸립니다.

"음…… 자기."

이제야 마누라가 제정신으로 돌아왔다고 생각했습니다. 그러나 아내가 돌아서며 이런 말을 날립니다.

"어차피 물에 빠진 휴대폰, 당신이라도 건져서 새로 사 내라고 해야지."

이런!

안양시 박달동_{아내의 근무지}에서 항상 분홍색 최신 폴더폰을 손에 들고 다니면서 전화벨이 울리면 귀 뒤로 머리 한 번 넘겨 주고, 주위 한 번 의식하고, 아주 화려하고 큰 팔동작으로 전화를 받으며 코맹맹이 소리를 내는 여자가…… 바로 제 마누랍니다. <u>흐흐</u>.

아내가 밉다가도
예뻐 보일 때

전철로 퇴근하는데 아내에게서 전화가 옵니다. 어김없이 첫마디가 이겁니다.

"어디야?"

전 속으로 생각합니다.

'어디긴 어디야. 너와 같은 하늘 아래, 너와 같은 공기를 마시며 너와 같은 땅을 밟고 있지. 저승은 아니고 이승이다.'

그리고 생각이 곧바로 말로 이어집니다.

"이승이다, 왜?"

"이수? ……아직 멀었네."

이런!

"자기야, 빨리 와."

'내가 지하철 안에서 뛰기라도 하리?'

"오늘 저녁은 자기 좋아하는 삼겹살 넣은 김치찌개야. 소주도 한 병 냉동실에 넣어 놨어. 빨리 와."

음…… 가끔 전 지하철에서 뛰기도 합니다.

동네 형님들과 부부 동반으로 장어집에서 소주를 한잔하고 있는데, 아내가 장어 꼬리를 자꾸 제 앞으로 밀어 놓습니다.

형님들이 한 소리씩 합니다.

"제수씨! 너무 티 내는 거 아니에요?"

그러면서 형님들은 다 이해한다는 표정으로 제 등을 토닥이며 장어 꼬리를 저에게 양보합니다.

이런!

집에 들어오니 먼저 샤워를 끝낸 아내가 게슴츠레한 눈빛을 보내며 제게 샤워를 종용합니다.

"좀 전에 장어집 가기 전에 샤워했는데……."

그래도 또 하랍니다. 평소보다 오랜 샤워를 마치고 나왔더니…… 아내가 잠이 들었습니다. 예쁩니다. 저는 아내를 깨워봅니다. 아주 작은 목소리로.

"여보, 자는 거야?"

아내가 약간의 미동을 합니다. 전 급하게 아내의 등을 토닥이며 안정을 취해 줍니다.

이로써 전 내일 아침에 있을 신문에 대비하여 '분명히 깨웠다'라는 알리바이를 만들었습니다.

거실에 있는데 아내가 급하게 저를 찾습니다. 아내는 제 손을 잡고 아이들 방으로 인도합니다. 6학년 아들 녀석이 영어 문제집을 펴 놓고 절 맞이합니다.

"아빠한테 물어봐, 너희 아빠는 외국 영화를 자주 봐서 영어 잘할 거야."

어이없는 말을 남기고 아내는 안방으로 가 버립니다.

이런!

아들 녀석도 뭐 크게 기대하는 눈치는 아닙니다. 문제집을 들여다보면서 어색한 몇 분을 보내고 있는데, 아내가 절 안방으로 부르더니 장롱에서 뭔가를 꺼내서 전해 줍니다. 해설집과 답안지……. 정말 번개 같은 속도로 답안지를 읽어 내려갔습니다.

아내가 속삭입니다.

"아직은 당신이 아이들한테 똑똑한 아빠로 보여야 돼."

아이들 방으로 건너가는 저를 향해 아내가 주먹을 쥐어 보이며 '화이팅!'을 외칩니다.

막히는 길을 운전하고 있는데 옆자리에서 아내가 계속 구시렁거립니다.

"저번엔 이리 안 갔는데……. 여기 막히는 길 아닌가? 저리 가면 더 빠를 것 같은데……."

전 바리톤 음성으로 아내에게 말합니다.

"여보! 내가 딱 세 가지를 잡고 있을 때 조심하라 그랬지? 첫째는 리모컨, 둘째는 쇼핑 카트, 그리고 마지막으로 운전대."

병목구간에서 한참 줄을 서서 찔끔찔끔 가고 있는데 옆 차선에서 쌩 하고 달리던 차 한 대가 얌체같이 제 앞으로 끼어듭니다. 전 소심하게 구시렁거리는데 옆에 있던 아내가 속사포를 내쏩니다.

"이런 싸가지 없는 XX…… 저 XX 같은 놈…… 저 XXX!"

한여름에 갑자기 난데없이 개나리가 피더니, 북극 지방에서 썰매를 끌던 시베리안 허스키가 떼를 지어 차 안으로 달려 들어옵니다. 물론 앞차에 들릴 정도는 아니지만, 시원하게 한바탕 욕을 쏟아낸 아내가 저를 보고 생끗 웃으며 한마디 합니다.

"짜식이, 어디 우리 서방님 앞길을 막고 있어!"

이럴 땐 소심한 남편을 편들어 주는 아내의 걸쭉한 입이 참 사랑스럽습니다.

아내의 색기

휴일 오후에 잠깐 오이도로 나들이를 갔습니다. 가을 바닷바람도 느끼고 칼국수도 먹으며 즐거운 시간을 보냈습니다.

돌아오는 차 안에서 아내가 관상을 봤다는 말을 하더군요. 제가 아이들과 잠시 노는 사이에 같이 간 동네 형수님과 5천 원짜리 길거리 관상을 봤나 봅니다.

"뭐라디? 잘 맞추디?"

전 평소에 관상이란 걸 본 적도 없고 별로 믿지도 않기에 그냥 흘러가는 말로 물었습니다. 그런데 아내의 목소리가 조금 격양되어 흘러나옵니다.

"잘 맞추던데? 다섯 살 전에 나 죽을 뻔한 고비 넘긴 것도 맞추고······."

마침 횡단보도 앞에 차가 멈췄기에 제가 손으로 앞쪽을 가리키며 말했습니다.

"형우 엄마! 저기 횡단보도에 한 서른 명 서 있지? 저 중에 스물일곱 명은 다섯 살 이전에 다들 죽을 고비 한 번씩은 넘겼을 거다."

아내가 저를 한 번 흘겨보더니 말을 이어 갑니다.

"마흔두 살부터 재물이 들어온다네?"

"야, 그거 듣던 중 반가운 소리네. 그럼 앞으로 3년 후에는 내가 그렇게 꿈꾸던 셔터맨이 될 수 있는 거네? 형우 엄마 화이팅!"

계속되는 저의 딴죽에 아내가 잠시 말문을 닫더니, 이내 쑥스러워하며 말문을 열더군요.

"근데······ 그 할아버지가 나보고······ 색기가 있다네? 호호호!"

전 터져 나오는 웃음을 참으려다가 코가 나왔습니다.

"형우 엄마, 사주팔자가 아니고 관상 봤다며? 할아버지가 니 얼굴을 보고도 그런 소리를 했단 말이야?"

저, 가드도 올리기 전에 한 대 맞았습니다.

"그러니까 항상 긴장하고 살아. 내가 색기도 있고 바람기도 있대. 호호호!"

아내가 돌팔이를 만났나 봅니다. 생긴 건 똘똘해 보여도 아내 별명이 '설푼이'입니다. 뭘 해도 항상 어설퍼서 붙여진 별명입니다.

"형우 엄마, 뭐 당신 관상에 색기가 있다니까 그렇다 치고…… 앞으로는 내 앞에서 그 색기 좀 부려 봐라. 어설프게 말고, 확실하게!"

며칠이 지나 퇴근해서 TV를 보고 있는데, 아까부터 소파에 누워서 책을 읽고 있던 아내가 제 옆구리를 발가락으로 꾹꾹 찌르며 저를 빤히 쳐다봅니다. 한 번 곁눈질을 하고 다시 TV를 보는데, 아내가 다시 제 옆구리를 찌르며 입을 반쯤 벌리고 혀로 입술에 침을 바릅니다. 앵두 하나만 물려 놓으면 딱 그림이 나오겠더군요.

전 크게 한숨을 한 번 내쉬고 나서 보던 TV에 집중했습니다.

잠시 후 아내가 혼잣말을 합니다.

"에휴…… 색기가 있으면 뭐하나? 받아 주는 사람이 없는데. 에휴, 내 팔자야."

그러고는 발가락으로 제 옆구리를 있는 힘껏 찌르고 도망을 갑니다.

전 다시 TV에 집중했습니다. 잠시 후 안방 문을 빼꼼 열고 아내가 얼굴을 내미는가 싶더니, 잠옷으로 갈아입은 다리통 하나만 스윽 문밖으로 내밉니다.

전 더 이상 참지 못하고 소릴 질렀습니다.

"야, 설푼아! 니가 색기가 있으면 뭐하냐? 분위기 파악을 못 하는데. 지금 이 상황이 니가 다리통 내밀 타이밍이냐?"

아까부터 제가 집중해서 보고 있는 TV에서는 지금 야구를 합니다. 제가 제일 좋아하는 스포츠가 야구인데, 더군다나 지금 한국시리즈를 하고 있습니다. 점수는 4 대 3. 그것도 9회 마지막 공격…… 투 아웃에 주자가 만루입니다.

전 지금 소녀시대가 눈앞에서 소원을 말해 보라며 단체로 눈웃음을 쳐도 관심 없습니다. 지금 저의 소원은 오직 짧은 안타 하나밖에 없습니다.

아내가 TV 앞에서 알짱거리면서 약을 올립니다.

확, 마!

아내를 병딱이라고
불렀습니다

밤늦게 아이들과 TV를 보고 있는데 아내에게서 전화가 왔습니다.

"자기야! 조금 늦을 것 같아. 나는 빨리 집에 가고 싶은데…… 사회가 날 가만두지 않네."

회사 연말 송년회를 하는 아내가 제가 매일 쓰던 술자리 핑계를 저한테 써먹고 있습니다.

"술 좀만 먹고 빨리 들어와라."

전화를 끊은 전 아이들 이부자리 펴주고 소파에서 TV를 보다가 깜빡 잠이 들었나 봅니다.

인기척에 잠을 깨보니 아내가 허둥지둥 코트를 벗으며 말합니다.

"자기야, 이병헌 어떻게 됐어?"

저는 잠결에 답을 해주었습니다.

"죽었어. 죽으면서 끝났어."

말이 떨어지기 무섭게 아내의 목소리 톤이 올라갑니다.

"왜 죽였어? ……왜 죽였냐고!"

이런!

"내가 아이리스 요원이냐? 내가 안 죽였거든?"

그렇게 저는 바로 잠자리에 들었는데, 아내는 술기운 탓인지 아니면 이병헌의 죽음을 현실로 받아들이기 힘들었는지 한참을 서성였던 걸로 기억됩니다.

다음날 아침, 출근 준비를 마친 제가 아내를 깨웠습니다. 그러곤 화장실로 들어가 양치질을 하고 나오는데, 아내가 어제 벗어 놨던 코트 앞에서 뭔가를 들여다보더니 화들짝 놀라며 허리춤에 숨겼습니다.

"뭐야?"

"아, 아니야. 아무……것도."

애써 태연한 웃음을 짓는 아내를 덮쳐서 허리춤에 숨긴

물건을 빼앗았습니다. 그런데 제 손에 들려진 것은 다름 아닌…… 병따개. 그것도 냉장고에 붙어 있는 아기자기한 병따개가 아닌, 한눈에 봐도 묵직해 보이는 쇠로 된 업소용 병따개.

아내가 배시시 웃습니다. 저도 기가 차서 웃고 있는데, 병따개에 노란 줄이 보입니다. 그리고 그 끝에 달린 열쇠 하나……. 그렇습니다. 어느 호프집 화장실 열쇠였습니다.

"이거 니 코트 주머니에서 나온 거냐?"

"……."

"병딱……. 너 지금 이게 얼마나 심각한 사건인지 아냐?"

"……."

"이건 절도야. 그것도 열쇠니까 특수절도. 그리고 안양 모 호프집의 영업방해에다가 미필적 고의에 의한 행복추구권 박탈죄. 넌 화장실을 찾은 많은 손님들의 행복할 권리를 짓밟은 거야. 그 사람들이 어떻게 볼일을 봤겠냐? 보나마나 담벼락에다 실례를 했을 테니까 풍기문란 유도죄도 추가."

사태의 심각성을 깨달았는지 아내가 병따개를 들고 울상입니다. 전 출근 인사를 하고 나오면서 아내에게 넌지시 조언을 해주었습니다.

"어이, 병딱! 저녁에 돌려주면 창피하니까, 오늘 아침에 출근하면서 문틈으로 밀어 넣어라."

아내가 병따개를 다시 코트 주머니에 넣고 인상을 쓰며 저에게 한마디 합니다.

"당신 만약…… 이 얘기 떠들면…… 죽는다!"

점심때 전화가 왔습니다. 호프집 문틈으로 잘 밀어 넣었다고.

마누라
사람 만들기

봄비가 내리는 점심시간에 직장에 있는 아내에게 문자를 했습니다.

[비도 오는데 따신 거 먹어라]

곧바로 답장이 왔습니다.

[저녁에 같이 따신 거 먹을까?]

문자를 받고 나서 전 잠시 생각을 했습니다.

'아내와 저녁 약속을 한 게 언제였던가……. 가끔 순댓국 집이나 연탄구이집에서 술 한잔은 했어도, 아내와 제대로 된 저녁 약속을 했던 기억이 없습니다.

다시 문자를 보냈습니다.

[오늘 저녁 약속이다. 아무거나 먹자 그런 말 하기 없고, 나 먹고
싶은 거 먹자는 말 하기도 없고, 무조건 당신이 먹고 싶은 거 정
해. 그리고 나 술 안 먹어도 되니까 차 가지고 교외로 빠져도 괜
찮아. 내가 산다~ㅋ]

이렇게 말은 했지만 아내의 성격을 알기에 전 이곳저곳
맛집을 검색했습니다. 큰맘 먹고 일식집 정식 정도를 생각하
고 있었습니다.

퇴근하는 차 안에서 전화를 했습니다.

"집 아닌 것 같다? 어디야?"

아내가 숨이 차서 쌕쌕거리며 전화를 받았습니다.

"어, 놀이터. 지금 운동하고 있어. 헥헥!"

비록 숨은 헐떡였지만 어느 때보다 밝은 목소리였습니다.

"뭐 먹을 건지 정했어?"

아내가 잠시 뜸을 들이더니 대답했습니다.

"음…… 당신!"

제가 잘못 알아들었나 해서 다시 물었습니다.

"정했냐고?"

아내가 다시 쌕쌕거리면서 말합니다.

"당……신……."

이런! 쌀집 둘째 아들 좁쌀 까는 소리도 아니고…….

"됐고! 그거 맛없어. 오래돼서 질기고 비계도 많아, 빨리 다른 거 골라."

계속 뜀박질을 하면서 전화를 받는지 여전히 아내는 쌕 쌕거렸습니다.

"나한테는 당신만 있으면 된다니까. 쿄쿄쿄!"

방앗간집 둘째 딸내미 깨 볶는 소리까지 하고 있습니다.

"자주 있는 기회도 아닌데, 내가 사준다 그럴 때 먹고 싶은 거 먹어라."

이쯤 되면 못 이기는 척하고 메뉴를 말할 법도 한데, 아내는 여전히 엉뚱한 소리만 하고 있었습니다.

"당신 요즘 용돈도 없을 텐데 뭐하러 밖에 나가서 돈 써. 난 당신만 옆에 있으면 배불러."

곰 같은 마누라…… 이럴 때 분위기 좋은 데서 밥 한 끼 먹는 돈이 뭐가 그리 아깝다고 이렇게 미련을 떠는지…….

저는 마지막으로 한 번 더 물었습니다.

"진짜 안 갈 거야? 나 마지막으로 물어본다. 진짜 먹고 싶은 거 없어?"

잠시 뜸을 들이며 숨고르기를 하던 아내가 입을 열었습

니다.

"음…… 뭐 정 그렇게 밥 사주고 싶으면…… 음…… 가루 사키……."

"뭐라고? 가루 뭐?"

얼마 전 끝난 이탈리아 식당을 배경으로 한 드라마에 심취하더니 무슨 음식인가를 봤나 보다 했습니다.

"아니, 가죽……."

아내의 기어들어가는 목소리를 도통 알아들을 수가 없었습니다.

"크게 말해 봐. 뭐라는 거야?"

그제야 아내는 또박또박 입을 열었습니다.

"가·죽·재·킷 사줘!"

이런!

어이없는 헛웃음을 짓고 있는데 아내의 쉴 새 없는 멘트가 이어집니다.

"겨우내 살도 좀 찐 거 같고, 입맛도 없고…… 그러니까 이왕 당신이 저녁 사주려고 생각한 돈에서 쫌만 더 보태면 저번에 봐둔 가죽 재킷 살 수 있어. 나 그 가죽 재킷 입고 싶어서 이렇게 저녁마다 운동하잖아."

점점 목소리가 커지는 아내의 말을 중간에 끊었습니다.

"됐고! 결론이 뭐냐?"

그제야 아내는 정색하며 말합니다.

"그냥 돈으로 주면 안 될까? 내가 앞집에서 냉면 사줄게."

앞집…… 4천 원짜리 세숫대야 냉면…… 사리 무한 리필……. 오후 내내 이곳저곳 맛집을 찾아 헤매던 저의 모습이 주마등처럼 스쳐 지나갑니다.

그날 저녁 전 집에서 김치찌개에 밥을 두 공기나 먹었습니다. 저녁 약속 때문에 점심도 먹는 둥 마는 둥 했거든요.

다음날 아침 출근하면서 지갑에서 5만 원짜리 두 장을 이불 속에서 뒹굴고 있는 아내에게 건넸습니다.

"여기 있다. 오늘 당장 가죽 재킷 사서…… 노릇노릇 잘 구워 먹고 내 것도 좀 남겨 둬라. 가시나야!"

아내가 벌떡 일어나 현관까지 나와서 배웅을 하며 한마디 했습니다.

"행복하다. 밤에 먹고 싶은 것도 먹고…… 옷도 얻어 입고……."

이런!

엘리베이터를 기다리는데 문득 이런 생각이 들더군요.

'15년 전 곰 같은 마누라를 얻어서 쑥과 마늘 먹여 사람 한

번 만들어서 살아 보려고 노력했는데, 되라는 사람은 안 되고 여우가 돼버렸구나.'

　예전에 본 '전설의 고향'에서는 여우가 사람이 되려면 간을 먹어야 한다던데……. 오늘 밤부터 순대 가게에 들러 돼지 간이라도 사다가 아내가 사람 될 때까지 먹여 보렵니다.

이 남자가 사는 법

"자기야, 어디 가? 덜렁아! 마누라도 못 알아보고……."

차를 주차하고 나오던 저는 복잡한 시내 건물 앞에 서 있는 아내 앞을 지나쳤습니다. 지금 막 머리를 하고 미용실 앞에서 제가 오기를 기다리고 있던 아내가 저를 한 번 흘긋 노려봅니다. 그런 아내에게 한마디 했습니다.

"난 어떤 예쁜 아가씨가 서 있나 했네! 후후후."

아내의 손에 이끌려 근처 식당에서 순댓국 한 그릇씩을 앞에 두고 앉았습니다.

"어때, 머리?"

"예쁘게 잘 나왔네! 색깔도 그렇고, 지금 입은 옷하고 잘 어울려. 가을 분위기가 물씬 나는데?"

아내가 한 입 떠 넣은 순댓국을 삼키지도 않고 입을 엽니다.

"호호호! 볼륨매직이야. 이거 하는 데 몇 시간이 걸렸고…… 주절주절…… 재잘재잘……."

아내는 신이 났는지 한참을 쉬지 않고 말합니다.

"내일 회사 가면 자기 회사 사람들 난리 나겠다. 머리 잘 어울린다고."

아내가 깍두기를 한 입 베어 물다 말고 배시시 웃습니다.

"호호호! 나야 뭐 자기만 예쁘다면야……. 호호호!"

순댓국 한 그릇을 뚝딱 비운 아내가 호기롭게 외칩니다.

"오늘은 내가 쏜다!"

그러고는 제 팔짱까지 끼고 기분 좋게 집으로 향합니다.

10분 전

명절을 앞두고 꽉 막힌 도로를 지나고 있는데 친구한테서 전화가 왔습니다. 서로 명절 안부를 전하며 몇 마디 나눈 끝에 친구가 물었습니다.

"퇴근하냐?"

"어, 형우 엄마가 미장원에 있다고 가는 길에 태우고 가라 그래서, 막힌 길을 뚫고 신발신발거리면서 가고 있다. 후후!"

"십수 년을 산 놈이 무슨 미장원까지 마누라 마중을 나가냐?"

"야, 자식아! 명절 앞이잖냐? 미장원이 아니라 지옥 앞이라도 마중 나간다."

명절 앞이란 말에 친구 녀석이 갸우뚱합니다.

"너 결혼 5년차니까 명절 열 번 보낸 거지? 난 명절 서른 번 보냈거든? 이쯤 되면 명절 앞두고 내가 어떻게 처신해야 하는지 대충 감이 온단다."

1시간 전

아내에게서 전화가 왔습니다.

"자기야! 나 지금 머리하는데 많이 늦겠다. 퇴근하고 어머니한테 저녁 차려 달래서 먹든지…… 아니면 이쪽으로 올래?"

"뭐, 시간 맞으면 내가 데리러 갈게. 이따 통화하자."

전화 내용을 듣던 노총각 동료가 물었습니다.

"여자들 머리하는 데 몇 시간이나 걸려?"

"형우 엄마는 보통 서너 시간 미장원에 있던데?"

동료가 놀란 표정을 지었습니다. 그런 동료에게 제가 한 마디를 던졌습니다.

"근데 참 이상한 게 뭔지 알아? 서너 시간 동안 머리를 하고 왔다는데 전혀, 네버, 결코, 어디가 어떻게 변했는지 모르겠다는 거지."

동료가 설마 하는 눈치를 보였습니다.

"너 옛날에 한참 유행한 매직아이 알지? 왜 눈 모아서 보면 입체로 보이는 그림 있잖아. 근데 그건 첨이 어렵지, 한번 보이기 시작하면 그 담부터는 잘 보이잖아? 근데 마누라 머리 모양 바뀌는 건 남자들 열에 아홉은 죽을 때까지 모를 거야. 어쩌다 한 번 눈에 들어올 때가 있어서 아는 체하면, 머리한 지 보름이 넘었는데 그동안 얼굴도 안 보고 살았냐며 한 소리 들어."

동료가 측은한 듯 절 쳐다봤습니다.

"그런 눈으로 보지 마라. 내가 더 슬픈 얘기 해줄까? 모를 수밖에 없어. 결혼 연차가 늘면 마누라 얼굴을 3초 이상 쳐다보고 있었던 때가 언제였던가 가물가물해지거든. 3초 이상 마누라 얼굴을 쳐다보는 건 말싸움할 때밖에 없어. 그건 남편만 그러는 게 아니야. 아낸들 남편 얼굴을 3초 이상 볼까?"

노총각 동료에게 못할 말을 하고 말았습니다.

막힌 길을 뚫고 퇴근하면서 중간에 친구와 전화 통화도 하고, 아내와 약속한 장소에 도착해서 차를 주차하고 나왔더니 멀리서 아내가 보입니다. 이번 머리 컨셉은 클레오파트라인가 봅니다. 아니면 '달려라 하니'에 나오는 나애리?

전 모른 체하고 한번 지나쳐 봅니다.

"자기야, 어디 가? 덜렁아! 마누라도 못 알아보고……."

"오! 난 어떤 예쁜 아가씨가 서 있나 했네."

다음날 아침, 집을 나오면서 요즘 피곤해 보이는 아내 얼굴을 3초 이상 물끄러미 쳐다봤습니다. 오랜만에 3초 이상 쳐다보고 있으려니 왠지 웃음이 납니다.

그때 아내가 한마디 합니다.

"돈 줘?"

아내가
나 몰래 하는 것들

<u>1.</u>

일요일 아침, 가을 햇살에 눈이 부셔 잠에서 깼습니다. 화
장대 앞에 다소곳이 앉아 있는 아내의 뒷모습이 눈에 들어옵
니다. 요즘 부쩍 다이어트에 신경을 쓰더니 허리 라인이 살아
있습니다. 조용히 일어나 아내의 허리를 뒤에서 감싸 안았습
니다. 아내가 깜짝 놀랍니다.

그런데 아내의 손에 무언가 들려 있습니다.

"뭐하냐?"

아내가 배시시 웃으며 들고 있던 종이쪽지를 저에게 건

넵니다.

"로또 맞춰 봤어. 꽝이네."

며칠 전 동네 호프집에서 아내와 맥주 한잔을 했는데, 계산할 때 사은품으로 준 로또 한 장이었습니다.

"당신 자는 사이에 맞춰 봐서 맞았으면 입 싹 닦으려고 했는데……. 당신은 나이 먹으니까 아침잠도 없어지냐?"

아내의 허리춤을 감싸 안은 팔에 힘이 들어갔습니다. 그리고 잠깐 생각했습니다.

'요거 백드롭 한 번 하고 17년 결혼생활 여기서 쫑내?'

2.

요즘 직장 환경이 바뀌면서 정신적으로나 육체적으로 조금 피곤했던지 평소보다 이른 시간에 잠이 들곤 합니다. 오늘도 일찍 잠이 들었다가 TV 소리에 잠깐 깼습니다.

마감 뉴스를 전하며 혼자 덩그러니 켜져 있는 TV를 끄려고 리모컨을 찾는데, 잠든 줄 알았던 아내가 엎드려서 휴대폰을 보고 있습니다.

"안 자고 뭐하냐?"

아내가 배시시 웃으며 휴대폰 화면을 보여 줍니다.

"요즘 나 전자책으로 소설 읽잖아."

그러고는 이내 다시 자세를 잡습니다.

저도 다시 수면 모드로 돌아갔지만 금방 잠이 오질 않아 아내 옆으로 다가갔습니다. 그리고 아내가 읽고 있는 화면을 응시했습니다.

[희철의 거친 손이 수영의 둔부를 휘감았다. 저항할 수 없는 수영은 희철의 거친 숨소리에 눈을 감았다. 더욱 거칠어진…….]

"클라이맥스냐?"

아내가 손가락으로 다음 페이지를 넘기며 대답했습니다.

"아니. 이 정도는 뭐……. 아직 절정에 이르려면 멀었어. 로맨스 소설 오랜만에 읽으니까 너무 재밌다."

소설에 빠져 있는 아내를 뒤로하고 다시 자리에 누웠습니다. 그러나 한번 자고 깬 터라 좀체 잠이 오질 않았습니다. 전 조용히 일어나 방문을 잠갔습니다. 그리고 희철이가 되어 거친 숨을 몰아쉬었습니다.

아내가 한마디 합니다.

"뭐……하냐?"

3.

요즘 아내가 밤마다 운동을 나갑니다. 예전 같으면 누워 있는 저에게 같이 나가자고 졸랐을 텐데, 요즘은 혼자 조용히 나갔다 옵니다.

갑자기 속이 더부룩해진 저는 운동하러 나간 아내에게 전화해서 콜라 좀 사오라고 하려 했더니 휴대폰을 집에 놔두고 갔습니다. 휴대폰도 안 들고 나간 아내가 걱정돼서 나가 봤습니다. 아파트 단지를 벗어나자마자 상가 치킨집 앞에서 아내의 뒷모습을 발견할 수 있었습니다. 아내는 검정 비닐봉지를 손에 들고 화단 가와 주차돼 있는 차 밑을 두리번거립니다. 그러다 이내 트럭 밑에서 뭔가를 발견하고는 비닐봉지를 바닥에 깝니다.

"뭐하냐?"

아내가 놀랐는지 가슴에 손을 얹고는 저를 올려다보며 또 배시시 웃습니다.

"비염 때문에 고생하면서 또 그러냐? 환절기 지나고 좀 나아질 때까지는 고양이 밥 주지 말랬지?"

아내는 먹이가 담긴 비닐봉지를 트럭 밑으로 밀어 넣으며 손짓을 합니다.

"다른 놈들은 몰라도 요즘 이놈 때문에 자꾸 신경이 쓰여서……."

생후 1~2개월밖에 안 돼 보이는 꼬질꼬질한 길고양이 한 마리가 내 눈치를 보며 살금살금 먹이 앞으로 다가옵니다. 우

리 동네 길고양이 중에서 아내가 제일 예뻐하는 치순이치킨집
앞에 상주해서 붙여진 이름입니다가 얼마 전 새끼 네 마리를 낳았는
데, 그중 유일하게 살아남은 놈이라고 합니다.

"이놈 이름은 뭐냐?"

금세 먹이를 다 먹어 치운 녀석 앞에서 비닐봉지를 치우
며 아내가 대답합니다.

"당당이! 당당이야."

어디서 구해 왔는지 조그만 플라스틱 그릇에 생수를 조금
따라서 다시 당당이 앞으로 밀어 놓습니다.

"생긴 거 자세히 봐봐. 웬만하면 저만한 새끼 때는 다 귀
엽고 예쁜데…… 진짜 못생겼지?"

그러고 보니 얼굴에 점도 많고 삐쩍 마른 게 참 못생겼습
니다.

"근데 저 녀석, 저렇게 못생긴 놈이 참 당당해. 사람들도 잘
따르고, 지나가는 이 사람 저 사람한테 장난도 잘 치고…….
지가 귀여운 줄 안다니까."

제가 그만 들어가자고 재촉하자, 아내는 못내 아쉬운 듯
자리를 털고 일어나며 당당이를 한 번 더 물끄러미 내려다봅
니다. 그리고 저를 쳐다보며 배시시 웃더니 한마디 합니다.

"그러고 보니까 못생긴 게 당당하게 고개 쳐들고 다니는

우리 당당이 모습이…… 똑 당신 닮았다."

전 잠깐 생각했습니다.

'석수동 백조길 아스팔트 바닥에서 진짜 백드롭 한 번 들어가?'

남자들은 죽어도 모르는
여자들의 이야기

　퇴근길에 동네 형님을 만나 간단하게 술 한잔을 하게 됐
습니다. 집에 있던 형수도 부르고, 아내도 부르기로 했습니
다. 오늘 일찍 퇴근해서 미장원에 들른다던 아내에게 전화를
했는데 받지를 않았습니다.

　머잖아 형수님이 도착했습니다. 집에서 나오는 길에 아내
와 통화를 했다며, 이제 미장원에서 출발한다는 이야기를 전
했습니다. 오후 3시에 퇴근해서 미장원에 들른다더니 7시가
다 되어서야 끝이 났나 봅니다. 저에게는 분명 앞머리만 살짝
다듬는다고 했는데, 마음이 변해서 큰 공사를 한 모양입니다.

안주가 나올 때쯤 아내가 왔습니다. 미스코리아 사자머리까지는 생각 안 했지만 그래도 뭔가 크게 달라진 게 있을 줄 알았는데, 아무것도 변한 게 없었습니다. 그냥 아침에 출근했던 모습 그대로였습니다.

아내는 자리에 앉자마자 동네 친구 사이인 형수에게 하소연을 합니다.

"어머, 야! 나 엉치뼈 아파 죽는 줄 알았다. 4시간 앉아 있는데 배도 고프고……."

형수가 두부김치 한 쌈을 싸서 아내의 입에 넣어 주며 맞장구를 칩니다.

"고생했다, 가시나야. 어머, 옆머리 많이 잘랐구나. 훨씬 낫다 얘. 그 정도 라인에서 끊어 주니까 내 말대로 컬이 살잖아. 어머, 너무 예쁘다, 얘!"

두부김치 한 입을 입에 물고 아내가 신이 나기 시작했습니다.

"괜찮니? 어머, 난 너무 올린 거 아닌가 하고 걱정했지. 요기 밑에 라인까지만 하려다가 네 말 생각나서 요기까지 올렸잖니. 요기까지 한 번 더 올리려고도 생각했는데, 그럼 이쪽 웨이브가 어중간하다고 담에 끝부분을 한 번 더 말아 주라고 하더라고."

형수가 아내의 소주잔에 술 한 잔을 채워 줍니다.

"어머, 야! 잘했어. 맞아. 지금 길이가 딱 좋아. 어! 윗머리도 폈구나?"

아내가 소주잔을 들었다 다시 놓으며 정수리를 테이블 쪽으로 들이밉니다.

"머리가 너무 뜨는 거야. 그래서 머리 뿌리 부분만 스트레이트 했어. 이게 시간이 너무 걸린 거야. 사람도 많고. 나 술 너무 많잖아."

"어머, 야! 그러니까 밑에가 산다. 밑에 볼륨이 사니까 훨씬 어려 보인다, 얘."

형수가 아내의 머리끝을 살짝 만져 보는가 싶더니 2절을 시작합니다.

"영양도 했구나!"

아내가 머릿결을 한 번 쓰다듬고는 화답을 합니다.

"요 근래 머리가 너무 푸석한 거야."

그 후로 옮겨 적지도 못할 전문적인 용어가 둘 사이를 오고 가나 싶더니, 아내가 얘기하다 말고 문득 형수의 옆머리를 들어 올립니다.

"어머, 지지배! 귀걸이 너무 예쁘다. 저번에 했던 귀걸이 아니네. 샀어? 너무 예쁘다."

형수가 웃으며 옆머리를 귀 뒤로 쓸어 넘기고 나서야 귀에 붙은 코딱지만 한 귀걸이를 전 봤습니다. 앞에 앉은 형님과 제가 소주 한 병씩을 다 비울 때까지 두 아줌마들은 연신 서로 예쁘다는 말을 주고받았습니다. 모르긴 몰라도 청룡영화제 대기실에서 만난 전지현과 김태희도 저렇게까지 서로 예쁘다고 칭찬을 주고받진 않았을 겁니다.

　늘 그렇듯 아내가 두부 반 모를 리필 시키며 그때서야 제가 눈에 들어왔는지 첫 마디를 건넵니다.

　"자기야, 나 어때? 예뻐?

　전 소주잔을 만지작거리며 대답해 줬습니다.

　"넌 늘 예뻤는데 뭘 새삼스럽게……."

　형수가 저에게 들이밀고 있던 아내의 머리를 조용히 끌어당기며 한마디 합니다.

　"어머, 형우 아빠 화 많이 났나 보다, 얘. 조용히 있어라."

　간단한 술자리가 끝나고 집으로 올라가는 길에 자주 먹이를 주던 길고양이를 만났습니다. 아내가 늘 가방에 준비하고 다니던 고양이 먹이 하나를 꺼내 들고 고양이와 마주 앉아 있는 모습을 전 한 걸음 떨어져서 지켜봤습니다. 그때서야 아내의 바뀐 머리 모양이 조금 눈에 들어왔습니다.

저의 시선을 느꼈는지 아내가 뒤를 돌아보며 소주 한 잔에 빨갛게 된 건지, 쌀쌀한 날씨에 빨갛게 된 건지 모를 볼에 두 손을 살짝 올리며 한마디 합니다.

"예뻐서 그러는구나? 이제 둘이만 있으니까 예쁘다고 얘기해도 돼."

이런!

"앞머리도 자르긴 했나 보네?"

저의 적극적인 관심에 아내의 목소리 톤이 한 단계 올라갔습니다.

"앞머리 자르니까 완전 어려 보이지?"

눈을 동그랗게 치켜뜨고 콧구멍까지 벌렁거리는 아내의 물음에 맞장구를 쳐주지 않을 수 없었습니다.

"그래, 완전 초딩 같다."

그 한마디에 신이 나 엉덩이까지 흔들며 집으로 걸어가는 아내의 모습을 보며, 죽기 전에 한 번쯤은 꼭 아내가 말하기 전에 헤어스타일 바뀐 걸 먼저 알아맞히는 일이 생기길 다짐해 봅니다.

그때 울타리 밑에서 아내의 뒷모습을 지켜보고 있던 당당이가 울음소리를 냅니다. 아내가 지어 준 길고양이 이름입니다. 얼굴에 큰 점이 있고 참 못생겼는데, 온 동네를 당당하게 걸어 다닌다고 해서 아내가 그렇게 이름을 붙여 줬습니다.

당당이에게 눈인사를 하며 저도 아내 뒤를 따르다 말고 당당이에게 나지막이 한마디 했습니다.

"너도 당당이지만…… 쟤도 44살 먹은 당당이야. 너만 알아."

이야기 넷

●

또
하나의
가족

어른들을 위한 동화

저희 동네에 제가 형님으로 모시는 분이 있는데, 결혼 18 년차입니다.

그날은 형수님 생일이었습니다. 평소에는 토요일에 출근을 안 하시는 형님이 그날따라 갑작스럽게 출근하셨습니다. 그리고 오후에 퇴근하며 집에 계신 형수님한테 전화를 했습니다.

"여보! 주차장으로 좀 내려온나."

3층 집에서 계단을 통해 내려오며 형수님은 고개를 갸웃거렸습니다.

3층을 내려오며…….

'토요일인데 왜 갑작스럽게 출근을 했지?'

2층을 내려오며…….

'그냥 올라오면 되지, 왜 주차장으로 날 부르기까지 한대?'

1층을 내려오며…….

'혹시 이거 쑥스러운 장면이 연출되는 거 아냐?'

형수님은 이런저런 상상을 하며 혼자 얼굴을 붉힌 채 주차장에 도착했습니다. 좀 이따 형님 차가 들어왔고, 형수님은 한 손으로 운전대를 잡고 뒤를 돌아보며 능숙하게 후진하는 형님의 멋진 모습을 다정하게 바라보고 있었습니다.

형수님을 발견한 형님이 환한 미소를 지으며 말했습니다.

"여보! 트렁크 좀 열어 봐라."

곧이어 트렁크 문을 따는 소리가 들렸고, 형수님은 트렁크에 손을 얹으며 자기도 모르게 주위를 한 번 둘러봤습니다. 그리고 순간 얼굴이 달아올랐습니다.

'진짜 풍선이라도 나오면 어쩌나? 이 양반이 생전 안 하던 짓을 하고……. 어머, 표정관리를 어떻게 해야 되지?'

조심스레 트렁크를 올리는 순간…… 다행히 풍선은 안 보였습니다. 오색 풍선 대신 눈에 들어온 건 다름 아닌…… 감자 세 포대.

어느새 형수님 옆으로 다가온 형님이 함박웃음을 지으며 말했습니다.

"출장 갔다 오는데 국도변에서 싸게 팔길래 사 왔다. 엄청 싸게 샀데이."

그러고는 자기 양손에 두 포대를 들고 나머지 한 포대를 턱으로 가리켰습니다.

"뭐하노? 퍼뜩 안 들고?"

형수님은 감자 한 포대를 가슴에 꼬옥 안고 3층을 올라갔습니다.

1층을 올라가며…….

'아놔…… 내가 뭘 상상한 거야? 아, 쪽팔려.'

2층을 올라가며…….

'18년을 사는 동안 매년 기대와 실망을 거듭하면서 또 이러네.'

3층을 올라가며…….

'우씨…… 저 뒤통수에 감자 한 포대를 한 개씩 던져, 말아?'

그날 밤 형수님은 1·4 후퇴 때 바람 찬 흥남부두의 금순이처럼 생일에 감자를 삶아 먹었다고 합니다. 그리고 형수님의 꿈속에서 하얀색 리무진을 몰고 하얀색 턱시도를 입은 형님이 형수님을 앞에 두고 리무진 트렁크를 여는 순간…… 형형색색의 감자들이 하늘 높이 두둥실 두둥실 떠올랐다고 합니다.

사위들 이야기

　며칠 전 장모님 생신을 맞아 처갓집 6남매가 한자리에 모였습니다. 아들 셋, 딸 셋. 이러다 보니 자연히 며느리도 셋, 사위도 셋. 그중에 제 아내가 다섯째이고, 제가 사위로는 둘째입니다.

　둘째 사위…… 참 편한 자리라고 생각합니다. 중간에서 처신만 잘하면 시쳇말로 놀고먹는 자리죠.

　제 윗동서 형님은 누가 봐도 큰사위로서 손색이 없는 분입니다. 처갓집 대소사에 항상 적극적으로 참여하십니다. 나설 때 잘 나서시고, 묵묵히 지켜볼 상황이면 아무 내색 없이 뒤에서 일처리를 다 해주십니다.

그래서 아내가 저에게 항상 하는 말이 있습니다.

"형부 하는 것 반의 반……까지도 바라지 않아. 흉내만이라도 좀 내봐."

둘째 사위, 바로 접니다. 제가 저를 평가하긴 좀 우습지만, 저는 천생 둘째 체질입니다. 있는 듯 없는 듯 존재감이 없는 사위죠. 하지만 중간에서 튀는 행동 안 하고, 윗분들 말씀 잘 듣고, 아랫사람 잘 이해해 주는 스타일이라고 저 혼자 자위합니다.

그리고 제 아랫동서. 집안의 막내죠. 이 사람도 딱 막냇사위 스타일입니다. 식구들이 모이면 분위기 메이커 역할을 톡톡히 합니다. 활달한 성격에 때론 어리광도 잘 부립니다. 철 없는 행동으로 식구들을 당황하게 만들기도 하지만, 처갓집에 잘하려는 마음이 항상 묻어나서 참 보기 좋습니다.

그러나…… 처갓집 문씨 집안에서는 사위들인 이 세 사람도 자기 친가에서는 아들 노릇을 해야 합니다. 뭐, 당연한 얘기겠죠. 그런데 각자 아들 노릇 하는 걸 보면 참 아이러니합니다.

천생 큰사윗감인 손윗동서 형님은 집안에서 막내입니다. 신혼 초에 저와 같은 동네에 살아서 형님 집안 사정을 잘 압니다. 처가에서는 의젓하기만 한 형님이지만, 자기 집안에서는 그야말로 막내의 극치를 보여 줍니다. 사돈 어르신들에게 귀여움 받고, 형님 누나들에게 응석 부리고, 소소한 것 잘 챙겨서 이쁨 받는 어리광 막내입니다.

둘째 사위인 저는 5대 독자입니다. 부모님 모시고 남매를 키우는 가장입니다. 사위로서는 존재감이 없지만, 제 집에서만큼은 모든 일이 저를 위주로 돌아간다고 해도 과언이 아니죠. 모든 집안일을 제가 다 알아서 처리해야 한다는 쓸데없는 강박관념까지 가지고 있는 사람입니다. 그러다 보니 아들 노릇과 사위 노릇이 상당한 차이를 보입니다. 아내에게 항상 잔소리 듣는 부분이죠.

마지막으로 아랫동서. 가장 180도 변신하는 인물입니다. 나이를 먹어도 항상 철딱서니 없게만 보이던 막냇사위도 자기 집안으로 돌아가면 어엿한 장남입니다. 그것도 가문의 장손입니다. 작은 과수원을 하시는 사돈댁은 뼈대 있는 토박이 집안입니다. 그러다 보니 바쁜 일철에는 내려가서 농사일도 돕고, 문중 일까지 혼자 다 알아서 처리합니다. 한마디로 추진력 있고 카리스마 넘치는 장손입니다.

이렇게 자기 집안에서 나름 본분에 맞는 아들 노릇을 하는 사람들이 다시 처갓집에 모이면 어느새 각자 위치에 맞는 사위로 돌아가죠.

제가 아는 분 중에 재혼하신 분이 있습니다. 그분이 그러더군요.

"첨엔 막냇사위였는데, 지금은 큰사위라서 힘들어."

제가 한마디 해줬습니다.

"중간이 좋아요. 다음엔 둘째 사위로 가세요."

"……."

하하하!

노총각의
크리스마스

　며칠 전, 노총각 직장 동료가 제게 급하게 돈을 빌려 달라고 했습니다. 이유를 물었더니 크리스마스이브에 데이트하게 될 것 같아 돈이 필요하다는 겁니다.

　그날 아침나절에 전화 통화하는 걸 옆에서 들었습니다. 6개월 전부터 온라인으로 사귀던 아가씨인데, 오프라인상으로도 두세 번 만났나 봅니다. 아가씨가 멀리 지방에 있어서 하루에도 몇 번씩 전화로 얘기를 주고받습니다. 아마 그 아가씨가 크리스마스를 전후해서 서울에 올라올 일이 생겼나 봅니다.

　노총각이 전화를 끊으며 마지막 멘트를 날립니다.

"알겠……쪄!"

혀 짧은 소리와 함께 닭 날갯짓을 흉내 내며 이상한 소리를 지릅니다.

"뿡뿡!"

의미는 모르겠지만, 나름의 애정 표현인 것 같습니다. 옆에서 거래처와 전화 통화를 하다가 닭 날갯짓과 '뿡뿡' 소리에 놀란 제 입에서 절로 한마디가 흘러나왔습니다.

"미친……."

나이 마흔두 살, 혼자 사는 노총각, 별명은 벌구……. 이 사람이 42년 만에 처음으로 연애를 시작했습니다. 벌구는 지금까지 연애 경험이 전무합니다. 법적으로도 총각이고, 놀랍게도 생물학적으로도…… 숫총각이랍니다. 그의 이 한마디에 주위 사람들이 그에게 붙여 준 별명이 '벌구'입니다. 입만 벌렸다 하면 구라라고……. 하지만 전 압니다. 그것이 거짓말 같은 진실이란 걸.

전 지갑뿐만 아니라 주머니까지 탈탈 털어서 10만 원을 빌려 줬습니다.

"이거까지 합치면 전부 얼마냐?"

저의 물음에 지갑에 돈을 넣으며 벌구가 대답합니다.

"음…… 이거까지 합치면 17만 원이네."

해맑게 웃습니다.

"너 7만 원밖에 없었냐? 그럼 17만 원으로 크리스마스이브에 데이트하겠다고?"

벌구는 그 흔한 신용카드라는 걸 쓰지 않습니다. 아니, 아예 없습니다. 체크카드만 쓰는데, 그 체크카드마저도 얼마 전부터 잔액이 바닥난 걸 알기에 전 더욱 불안해서 물었습니다. 하지만 우리 해맑은 벌구 씨는 고깃집에서 3만 원, 맥주 마시는 데 3만 원, 노래방 2만 원, 택시비 만 오천 원…… 이렇게 돈을 나누고 있습니다. 그런 벌구를 보며 다시 한 번 제 입에서 한마디가 흘러나옵니다.

"미친……."

마흔두 살 연애 초보에게 어디서부터 손을 대고 조언을 해줘야 할지 막막해집니다. 돈이 남아돌겠다는 저의 빈정거림에 벌구는 잠시 머뭇거리더니 무겁게 입을 엽니다.

"저기…… 여관 얼마야?"

만감이 교차했습니다. 이 인간이 이제 사람이 되려나 하는 대견스러움과, 한편으로는 크리스마스이브에 만 원짜리 몇 장 들고 모텔 값을 물어보는 저 해맑음에 분노가 치밀었습니다.

"110동 1301호."

뚱딴지 같은 제 대답에 벌구가 의아한 눈빛을 보냅니다.

"우리 집이다. 우리 부모님은 누나네 보내고, 우리 애들은 친구 집에 보내고, 형우 엄마하고 나는 주차장 차에 있으면서 집 비워 줄 테니까 우리 집으로 와라. 그게 빠를 거다. 이 빌어먹을⋯⋯."

제 말뜻을 아는지 모르는지 벌구가 헤벌쭉 웃으면서 말합니다.

"혹시나, 만에 하나 어떻게 될지 몰라서 한번 물어봤어."

그때까지만 해도 벌구는 닭 날갯짓으로 하늘을 나는 듯 보였습니다.

하지만 어제 오후, 전화 통화를 하는 벌구의 모습을 스치듯이 보고 지나치는데 마지막 멘트가 왠지 불길했습니다. 신안 앞바다의 보물선처럼 착 가라앉은 목소리로 대답하는 벌구의 혀가 원래대로 길어져 있었습니다.

"알겠⋯⋯어."

그리고 닭 날갯짓 뿡뿡이도 안 합니다.

가던 발걸음을 멈추고 빤히 쳐다보며 궁금해하는 저의 표정을 읽었는지, 벌구가 먼저 말문을 엽니다.

"내일 급하게 다시 내려가야 한다네⋯⋯."

"그럼 오늘 만나면 되지?"

벌구가 의자 깊숙이 몸을 누이며 말합니다.

"안 좋은 일로 올라와서 자기가 맘에 여유가 없대. 그래
도…… 보고 싶으면 만나겠지? 근데…… 보고 싶지가 않은
가 봐."

벌구의 눈동자가 많이 떨립니다. 제 눈동자도 따라 떨렸
습니다.

잠시의 침묵을 깨고 벌구가 한마디 합니다.

"돈 다시 줄까?"

"미친……."

2년 전 이맘때쯤이었습니다. 둘이서 조촐한 송년회를 하
며 둘 다 많이 취해 있었습니다. 그때 초점 없는 눈으로 제가
벌구에게 물었습니다.

"벌구 씨! 그거 아냐?"

벌구도 초점 없는 눈으로 절 바라봤습니다.

"그거 아냐고? 남자가 말이야…… 나이 마흔이 될 때까
지 숫총각이면…… 음…… 동정을 지키면…… 도술을 부린
대. 그러니까 당신은 며칠만 있으면 도술을 부릴 수 있는 거
야. 딸꾹!"

벌구가 해맑게 웃으며 대꾸했습니다.

"진짜? 나 머털도사 되는 거야? 딸꾹!"

"벌구 씨, 마흔이면 머털도사가 문제가 아니라 머털도사 스승인 누덕도사 급이지. 딸꾹!"

2년 전 나눴던 대화가 생각나서 의자 깊숙이 앉아 있는 벌구에게 물었습니다.

"궁금해서 그러는데…… 진짜 도술이 되디?"

갑작스러운 질문에 잠시 머뭇거렸지만, 제 말의 의미를 알았는지 벌구가 짧게 한마디 합니다.

"개뿔이나……."

이 한마디를 남기고 사무실 밖으로 걸어 나가는 벌구의 뒷모습을 보고 있자니 왠지 마음이 짠해지며 혀 짧은 소리와 닭 날갯짓 뿡뿡이가 그리워집니다.

남자는
무엇으로 사는가

13년째 같은 시간에 같은 회사의 문을 들어서는데 왠지 모르게 발걸음이 멈춰질 때가 있습니다. 17년 동안 같은 가정으로 퇴근을 하는데도 현관 앞에서 한숨이 쉬어질 때가 있습니다. 몇 년째 결재 시간에 같은 얘기를 듣습니다.

'매출 부진…… 향후 대책…… 인건비…… .'

큰 녀석이 고등학교에 입학하면서 폭탄을 맞았습니다.

등록금…… 교복…… 학원비…… .

회사에서는 몇 년째 같은 얘기를 들으면서도 시원한 대답을 못합니다. 집에서는 앞으로 더 늘어날 지출에 대해 시원한 말 한마디 못합니다. 이런 현실의 답답함이 회사 정문 앞이나 집 현관 앞에서의 잠깐 멈춤의 이유인 줄 알았습니다. 2주 전까지만 해도…… .

2주 전, 오랜만에 고등학교 동창 모임에서 술 한잔을 했습니다. 모두가 사십대 중반을 향해 가는 대동소이한 생활에서 같은 고민들을 토해 내고 있었습니다. 그리고 소주 한잔으로 풀 수 있을 거란 기대들이 있는지, 소주병이 늘어날수록 한숨소리 대신 웃음소리가 커졌습니다. 웃음소리가 절정에 이를 때쯤 친구 녀석 하나가 저에게 말을 걸어 왔습니다.

"너 형준이 알지?"

"누구? 형준이? 글쎄…… ."

"너하고 친하지 않았나? 너하고 맨날 같이 집에 가고 그랬잖아? 몇 년 전에 내 결혼식 때도 보지 않았나?"

그때서야 어렴풋이 기억이 났습니다. 그 친구가 늦게라도 잠깐 들렀다 간다는 말을 전해 들었습니다.

얼마 안 있어 형준이가 도착하고, 형식적인 악수와 안부를 물었습니다. 그리고 다시 웃음 속으로 빠져들었습니다. 이후로 형준이와 자주 눈이 마주쳤습니다.

다음날 쓰린 속을 달래며 일을 하다가도 문득문득 형준이의 얼굴이 떠올랐습니다. 그리고 퇴근 무렵에야 학창 시절 형준이와의 모든 기억의 퍼즐들이 맞춰졌습니다. 어제 헤어지며 받았던 명함을 찾아 들고는 흥분한 목소리로 전화를 걸었습니다. 그리고 대뜸 한마디만 했습니다.

"야! 너 나하고 친했지?"

앞뒤 다 잘린 한마디에 당황했을 법도 한데 형준이의 대답은 차분했습니다.

"이제 기억났냐?"

"우리 2년 동안 짝이었지? 우리 2년 동안 집에 같이 갔지?"

제 목소리는 여전히 흥분되어 있는데, 형준이는 여전히 차분한 목소리로 짧게 대답했습니다.

"응…… 맞아, 2년."

그리고 며칠 전, 단둘이 소주 한 잔을 놓고 마주 앉았습니다. 소주 몇 잔에 얼굴이 빨갛게 달아오른 형준이가 히죽이며 저에게 한마디 했습니다.

"너 참 잘했는데."

"뭘?"

"뭐든지."

"내가?"

"수업 시간에 분위기도 잘 띄웠고."

"내가?"

"농담 같은 것도 잘해서 애들 즐겁게 해주고."

"내가?"

"미술도 잘했잖아."

"내……가?"

"항상 유쾌했어, 뭐든지 잘하고."

"내가…… 정말? 공부도 잘했나?"

"그거 빼고."

"아……."

밤늦은 시간까지 술잔을 기울이며 27년이란 세월을 거슬렀습니다. 그리고 27년 전 집에 들어가기 아쉬워 집 앞에서 한참을 노닥였던 것처럼 그날도 길거리에서 한참을 서 있었습니다. 잘 가라는 인사를 몇 번이나 하고 나서야 형준이가 택시를 잡아 타며 창문 밖으로 한마디를 외치고 갔습니다.

"나, 형준이 아니고…… 형균이다."

아…… 맞다. 곰팡이균 형균이!

형균이를 만난 이후로 근 두어 달 정도 이유 없이 다운되었던 기분이 많이 좋아졌습니다. 회사 정문 앞에서의 발걸음 멈춤과 집 현관 앞에서의 한숨이 완전히 없어지지는 않았지만, 그 시간이 많이 짧아졌습니다.

형균이에게 칭찬을 들었습니다. 비록 과거형이었고, 그냥 술자리에서 안주 삼아 한 이야기였지만, 실로 오랜만에 들어 보는 '잘했다'는 말 한마디였습니다.

사십대에 접어들면서 직장이나 가정에서 스쳐 가는 말이라도 칭찬을 들었던 적이 언제였던가 하는 생각이 듭니다. 이 나이 먹고 칭찬이란 말에 연연하는 것 자체가 민망한 생각이 들 정도로 이 단어와 멀어져 있었습니다. 그런데…… 저 자신도 모르게 칭찬이 듣고 싶었나 봅니다.

사실, 나이를 먹을수록 자신감이 상실되어 가는 것은 사실입니다. 지금 이 무게를 버틸 수 있을까라는 불안감과 앞으로 다가올 더 큰 무게를 알기에 두려움이 앞섭니다. 하지만 버텨 내고 헤쳐 나가야만 한다는 것도 압니다. 그래서 요 근래 약간의 힘이 되는 칭찬이 그리웠나 봅니다.

갑자기 어릴 적 선생님에게 받았던 도장이 받고 싶습니다. '참 잘했어요!'

오늘도 분명 사장님은 몇 년째 똑같은 이야기를 하며 결

재를 해주실 겁니다. 결재 서류에 사인을 하는 사장님 손등
에 오늘은 '참 잘했어요'란 도장을 꾹 찍어 드리고 싶습니다.
이분도 혹시 칭찬을 듣고 싶진 않을까…….

한 남자가
웁니다

사십대 후반의 남자가 웁니다. 소주 한 잔을 목구멍으로 넘기다 말고 참았던 눈물을 왈칵 쏟아 냅니다. 주변의 시선을 아랑곳하지 않고 소리 내어 엉엉 웁니다.

6개월 전쯤 저희 아랫집에 사시는 할아버지가 폐암 수술을 하셨습니다. 노부부 두 분이 사시는데, 아들과 딸들 모두 같은 동네에 살고 있습니다. 77세인 아랫집 할아버지는 83세 되신 우리 아버지에게 언제나 '형'이라고 부릅니다. 아버지가 형님이라 부르라고 해도 그냥 장난기 가득한 얼굴로 "형!"이라고 부릅니다. 가끔 두 분이서 대화 나누는 걸 듣고 있으면 절로 웃음이 납니다.

처음엔 저희 식구 모두 아랫집 할아버지의 수술이 잘 끝난 줄 알고 있었습니다. 그런데 몇 주 전 병원에 다시 입원을 하셨습니다. 아랫집 할아버지의 아들은 저와 절친한 동네 선배입니다. 그리고 선배의 아들과 제 아들 또한 같은 학교를 다니는 절친 사이입니다. 그렇게 3대가 인연을 맺고 지내고 있습니다.

그래서 저는 어렴풋이 할아버지 상태가 심각하다는 느낌은 받고 있었는데, 어제 처음으로 선배한테서 가족들은 이제 마음의 준비를 하고 있다는 말을 들었습니다. 요즘은 항암 치료 때문에 할아버지의 정신도 온전하지 못하고, 너무 고통스러워하신답니다. 그 모습을 볼 때면 눈빛을 마주 대하지 못해 선배는 병원 복도만 몇 시간 서성인다고 합니다.

어젯밤, 집에 돌아와서 부모님 방을 노크했습니다. 늦은 밤인데도 어머니는 여전히 화투 패를 떼시고, 아버지는 라디오를 듣고 계셨습니다.

"저기, 아랫집 할아버지요……."

저의 조심스런 말문에 두 분이서 하던 일을 멈칫하셨습니다. 이런저런 상황 설명을 드리고 조금이라도 정신 있으실 때

병문안이라도 같이 가자고 했습니다. 한참을 말이 없던 75세 되신 어머니가 한숨 섞인 말씀을 하셨습니다.

"저번에 냉장고에 소고기가 있길래 조금 볶아서 내려갔더니 병원 진찰 받으러 간다고 못 드신다고 해서 그럼 다음에 먹자고 했는데……. 소고기 한번 같이 못 먹은 게 맘에 걸리네."

아버지는 귀에서 뺐던 이어폰을 다시 끼고는 물끄러미 창밖을 바라보며 혼잣말을 하셨습니다.

"가는 길에 많이 아프지나 말아야 될 텐데……."

맞은편에 앉은 사십대 후반의 한 남자가 눈물을 보입니다. 10년을 넘게 알고 지내면서 처음 보는 눈물입니다. 제 옆에 앉아 있던 또 다른 후배가 말합니다.

"소리 내서 울어도 돼요. 참지 말고 울어, 형."

그 말에 소주 한 잔을 먹다 말고 한 남자가 엉엉 웁니다. 그리고 나지막이 몇 번을 되뇝니다.

"나중에…… 보고 싶으면 어떡하지? 목소리 듣고 싶으면 어떡하지?"

인상을 찌푸리며 엉엉 우는데…… 참 못생겼습니다.

낚시터에서
생긴 일

　얼마 전 같은 동네에 사는 아랫동서와 소주 한잔을 나누다 술기운에 서로 약속을 한 게 있었습니다.

　"아들 녀석들 데리고 낚시 한 번 갑시다."

　"그래, 그러자고."

　아랫동서는 중1, 초등 5학년 아들 둘이 있습니다. 동서는 어렸을 적 아버지와 시골 저수지에서 새벽 물안개를 보면서 이런저런 이야기를 나눴던 기억이 선명하다고 합니다. 저에게는 고1 아들 녀석이 있습니다. 비록 저는 낚시를 좋아하진 않지만 아들 녀석과 함께 밤낚시를 하며 도란도란 대화를 나누는 장면을 상상하며 흔쾌히 동의했습니다.

　다음날부터 사십대 아저씨 둘은 서로 카톡을 날리며 신이 났습니다.

　[낚시 도구하고 텐트는 자네가 준비하고]

　[네. 형님은 차하고 먹을 거 준비해 주시고]

　[그래. 이번 주 주말로 정하지. ㅎㅎ]

　[그러죠, 형님 ㅎㅎ]

　[기대되는데? ㅎㅎㅎ]

　[진작에 할 걸 그랬어요, 형님. ㅎㅎㅎ]

　다음날.

　[형우 안 간다는데? ㅠㅠ]

　[저희 애들도 시큰둥한데요. ㅠㅠ]

　[일단 가기만 하면 좋아할 텐데…… ㅠㅠ]

　[그러게요. ㅠㅠ]

　[잘 꼬셔 보자구. ㅋㅋ]

　[화이팅! ㅋㅋ]

　또 다음날.

[형우는 가까운 곳으로 가면 일단은 가 본대. 방긋^^]

[우리 애들도 형우가 간다니까 생각해 본대요. 방긋방긋^^]

그렇게 해서 남자 다섯 명이 낚시를 떠나게 되었습니다. 그런데 차 안 풍경이 새벽 저수지 같습니다. 고요합니다. 아니, 적막합니다. 집에서 가장 가까운 저수지로 가는 30여 분 동안 큰 놈은 자고, 중간 놈은 과자 먹고, 작은 놈은 창밖만 보고 있습니다.

텐트 치기가 무섭게 중간 놈이 삼겹살을 먹자고 합니다. 이 녀석 별명이 푸드 파이터입니다. 전투적으로 음식을 흡입합니다. 한 시간 꼬박 삼겹살 구워 줬습니다. 큰 놈은 춥다며 텐트 안에서 안 나옵니다. 작은 놈은 아까부터 안 보입니다. 동네 정찰 나갔나 봅니다. 삼겹살 기름이 종이컵으로 세 컵째 나올 즈음, 중간 놈이 젓가락을 내려놓습니다. 그리고⋯⋯ 사발면 물 올려 달랍니다. 삼겹살 기름이 번들번들한 입술로 저에게 묻습니다.

"이모부도 드실래요?"

제가 미처 대답도 하기 전에 다시 입을 엽니다.

"이모부 뒤에 있는 박스에서 햇반 좀 꺼내 주세요. 같이 데우게."

두 시간째 저는 이 시키 밥 시중들고 있습니다. 두 시간 동안 큰 놈은 텐트 안에서 통화 중입니다. 두 시간째 작은 놈은 안 보입니다. 두 시간째 아랫동서는 낚싯대를 설치하고 있습니다.

그럭저럭 시간이 지나고 저수지에 고요한 밤이 찾아왔습니다. 옆에 앉아서 멍하니 찌를 바라보고 있는 아랫동서에게 넌지시 물었습니다.

"신 서방, 정말 의자 안 가져왔나?"

"아, 네……. 챙긴다고 챙겼는데 아…… 그게 왜 빠졌지?"

한 시간째 돌 위에 앉아 있는데, 엉덩이가 배겨서 더 이상은 못 앉아 있겠습니다.

텐트로 돌아오니 중간 놈이 반갑게 맞아 줍니다.

"이모부 고기는?"

"아직 못 잡았어, 너희 아버지가 곧 잡을 거야."

"아니, 그 고기 말고…… 삼겹살 더 없어요?"

콱!

못 들은 척 작은 놈의 행방을 물었더니, 조금 전에 들어왔다가 다시 나갔답니다. 누가 보면 작은 놈은 이곳에 몇 년 살던 놈인 줄 알겠습니다. 큰 놈은 급기야 텐트에서 자빠져 잡니다.

아이스박스에서 삼겹살을 찾는 중간 놈을 뒤로하고 다시

물가로 갔습니다. 아랫동서도 엉덩이가 배기는지 쭈그리고 앉아 있습니다. 그 옆에 저도 쭈그리고 앉았습니다. 한참 동안 서로 말이 없었습니다.

"차 시트라도 뜯어 올까?"

"어! 형님 차, 의자 분리돼요?"

"안 되지."

"아…… 그렇죠."

그렇게 또 한참의 침묵이 흘렀습니다.

"고기는 언제 잡히나?"

"아까 사람들이 그러는데, 여긴 새벽에 좀 올라온다네요."

"아…… 새벽에…… 새벽이라…… 우리 새벽까지 있다가 가기로 했지?"

"아, 네. 새벽요…… 새벽까지……."

그리고 또 침묵이 흘렀습니다.

"차 의자 한번 떼볼까?"

"……."

다시 저수지에 적막이 흐릅니다.

그때 등 뒤에서 천상의 목소리가 들립니다.

"아빠!"

텐트에서 처자던 형우의 목소립니다.

"아빠, 집에 가자. 생각해 보니까 나 수행평가 할 것도 많고……."

잠깐의 정적이 흘렀습니다.

그리고 누가 먼저랄 것도 없이 낚싯대를 접기 시작했습니다.

"수행평가가 중요하죠, 형님?"

"그렇지. 고기 올라올 때 됐는데 아쉽지만…… 수행평가 때문에 어쩔 수 없네, 뭐."

둘은 쥐난 다리를 절뚝이며 밤이슬 맞은 텐트를 아무렇게나 걷었습니다.

그렇게 사십대 두 아저씨는 야반도주를 하듯 저수지에서 나와 차에 올랐습니다. 큰 놈은 여전히 전화기를 붙잡고 차에 올랐고, 중간 놈은 생라면 봉지를 붙잡고 올랐고, 작은 놈은 동네 개랑 놀고 있는 걸 붙잡아 태웠습니다.

사십대 아저씨 둘은 오늘 '아들과 꼭 하고 싶은 101가지' 중 하나인 밤낚시를 했습니다. 그리고 '인생에서 하지 말아야 할 101가지' 중 한 가지 목록도 올렸습니다.

'의자 없이 낚시 안 하기. 그리고 많이 처자는 놈, 많이 처먹는 놈, 많이 싸돌아다니는 놈하고 낚시 안 가기.'

겨울 햇살이 비치는
창가에서

　연말 분위기가 한창인 무렵, 동네 선후배들과 술 한잔을 나누게 되었습니다. 오십 줄을 바라보는 형님과 삼십대 중반의 후배와 저, 이렇게 셋이서 안양 번화가에서 연말 분위기에 휩싸여 1차, 2차를 돌고 있었습니다.

　술이 얼큰하게 올라온 형님이 살갑게 어깨동무까지 하며 한마디 합니다.

　"형우 아빠야! 이 형이 또 한 살 먹는구나! 이 노구가 편히 쉴 곳은 어드메뇨? 서럽다 서러워, 이 노구의 신세……."

　어깨동무한 형님의 허리를 꼭 안으며 제가 상기된 목소리로 대답을 해줬습니다.

"형, 노구라 그러니까 꼭 뭐 있어 보이잖아. 이름 앞에 붙는 호 같기도 하고……. 그냥 늙은 개라 그래요."

어깨동무가 헤드록으로 돌변하며 노구 형의 목소리가 커집니다.

"이 시키가 술만 먹으면 그냥 내뱉네. 누가 광구 아니랄까 봐."

이런 광경을 뒤에서 지켜보던 후배가 핀잔을 줍니다.

"나이들 자시고 길거리에서 뭐하는 거예요, 창피하게……."

노구와 광구는 뒤를 돌아보며 합창을 했습니다.

"조용해라, 와구 시키야!"

얼마 전까지 허리가 안 좋아 수술을 받고 두어 달 누워 있던 후배 녀석이 새로 얻은 별명, 와구입니다. 그렇게 늙은 개와 미친 개, 그리고 아픈 개 셋이서 안양 일번가의 평균 연령을 급격히 상승시키며 3차로 곱창집 문을 열었습니다.

6개월 전 노구 형의 아버님이 폐암으로 돌아가셨습니다. 그리고 얼마 안 돼서 어머님도 건강이 안 좋아지시더니 거동마저 불편해져 몇 주 전에 요양원으로 옮기셨습니다.

지난 휴일, 갑자기 저희 어머니가 노구 형 어머니가 보고 싶다며 문병을 가자고 했습니다. 몇 년 동안 아래윗집에 살며 어울리다가 요 몇 주 못 보게 되니 많이 허전하셨던가 봅니다.

집을 나서 엘리베이터 버튼을 누르고는 어머니가 갑자기 웃으셨습니다.

"그 양반하고 같이 엘리베이터를 타면 수다 떠느라꼬 층수도 안 눌렀다카이. 뒤늦게 알아채고 얼마나 웃었는지 모른다. 한두 번도 아니고……."

어머니의 웃음 끝에 한숨이 느껴졌습니다.

지하 주차장에서 차에 오르며 제가 미뤘던 말을 꺼냈습니다.

"저기, 엄마! 형이 그러는데, 찬일이 할머니…… 요즘 부쩍 정신이 조금 그러신가 봐. 음…… 어쩌면 엄마를 못 알아볼 수도 있다니까…… 그냥 그렇게 아세요."

룸미러에 비친 어머니는 어두운 지하 주차장 창밖만 바라보고 계셨습니다.

점심 면회 시간, 북적이는 병실 끄트머리 침대에 누워 계시던 찬일이 할머니가 어머니를 보고는 다행히 반갑게 맞아 주셨습니다. 자리에서 일어나지는 못하지만 정신만은 말짱해 보였습니다. 어머니 뒤편에 서서 인사를 하는 저에게도 "형우 아빠!" 하며 귤 하나를 건네주셨습니다.

겨울 햇살이 유난히 따스하게 느껴지는 창가 자리에서 찬일이 할머니와 어머니가 손을 맞잡은 채 도란도란 이야기꽃을 피우셨습니다.

멀뚱하게 서 있던 저는 잠시 복도로 나와 병원 내부를 휘둘러봤습니다. 그런데 병실마다 신기하리만치 똑같은 방송이 틀어져 있었습니다. '전국노래자랑'을 처음부터 끝까지 본 게 언제였던가 싶었습니다.

그렇게 '전국노래자랑'이 끝나 갈 즈음 두 분은 작별 인사를 나누셨습니다.

"또 올게요. 몸조리 잘하고……."

맞잡은 두 손을 놓으며 어머니가 돌아설 때 찬일이 할머니의 작은 목소리에서 떨림이 느껴졌습니다.

"또 볼 수 있을까요……."

다시 손을 잡으시는 어머니의 손끝에도 작은 떨림이 일었습니다.

빨갛게 달아오른 불판에 곱창이 익어 가고 노구 형의 얼굴도 발갛게 익어 갔습니다. 노구치고는 혈색이 좋다는 광구의 농에도 입꼬리만 살짝 올리더니, 술잔을 들며 동생들에게 질문을 던집니다.

"니들은 늙는다는 게 뭔지 아냐?"

와구가 입을 엽니다.

"글쎄, 우리 부모님 말로는 조금 서럽다고 하시던데? 뭔지 모르게 서럽다고……."

반쯤 감긴 눈으로 곱창을 뒤집던 저에게도 노구 형의 질문이 이어집니다.

"뭔지 아냐고?"

곱창을 반쯤 뒤집다 말고 대답했습니다.

"후회? 가끔 우리 아버지 보면 후회하시던데……. 그리고 그리움? 뭐, 나이 드니까 그리운 것들도 많다고 그러시더라고. 이것저것……."

동생들의 말을 가만히 듣던 노구 형이 아무 말 없이 술잔에 남은 소주를 입에 털어 넣습니다.

다 익은 곱창 한 개를 형님 앞으로 밀어 놓으며 제가 말했습니다.

"자! 동생들이 어쭙잖은 답을 했으면 이제 노구 형님이 정답을 말씀해 주셔야죠?"

앞에 놓인 곱창을 집어 들며 동생들을 빤히 보던 노구 형이 입을 열었습니다.

"물어본 거야, 시키야! 모르니까 물어본 거라고……. 낸
들 아냐?"

허탈해하는 동생들을 보며 곱창을 씹던 노구 형이 외마디
비명을 지릅니다.

"앗, 뜨거! 시키…… 뜨겁다고 말을 해야지, 시키야!"

저도 지지 않고 대꾸했습니다.

"낸들 알았수?"

겨울 햇살이 비치는 창가에서 두 어머니가 나눈 대화의 여
운이 오랫동안 제 귓가를 맴돕니다.

"또 볼 수 있을까요……."

대답 대신 놓았던 손을 다시 잡은 어머니의 어깨 너머로
노구 형 어머니의 작은 떨림이 전해져 왔습니다.

"우리 다시 만났을 때 혹시나…… 혹시나 내가 못 알아봐
도…… 서운해하지 말아요."

우리 동네 이야기 1

화타가 남긴 말

1.

토요일 오전, 며칠간 미뤘던 진료를 받기 위해 병원에 가기로 마음먹었습니다. 얼마 전 왼쪽 발목을 삐끗했는데 시간이 지나도 나아지는 것 같질 않아서, 중학생 딸아이를 학원까지 바래다주고 오는 길에 오전 진료를 하는 동네 병원에 들러 보기로 했습니다.

경칩을 며칠 앞둔 토요일 오전 봄 햇살이 좋아서인지, 몇 해 전부터 유명한 등산로가 된 우리 동네에는 울긋불긋 등산객들이 삼삼오오 짝을 지어 그야말로 장사진을 이뤘습니다.

등산객들을 따라가다가 동네 입구에서 약국을 끼고 우측으로 돌아가면 우리 동네에 하나뿐인 오래된 정형외과가 나옵니다. 복잡한 큰길을 돌아 약국 앞에 다다르니 동네 할머니 한 분의 느릿한 걸음걸이가 눈에 들어왔습니다. 할머니를 본 순간 저는 불편한 다리를 절면서도 잰걸음으로 할머니를 앞질렀습니다. 할머니가 향하는 곳을 알고 있기에, 그리고 할머니보다 늦게 병원에 도착하면 어떤 일이 벌어질지 뻔히 알기에 걸음에 더욱 박차를 가했습니다. 할머니를 따돌리고 병원 앞에 도착해서 안도의 한숨을 쉬며 병원 문을 열었습니다. 그러나 대기실 의자에 차분히 앉아 계시는 다른 할머니 두 분을 발견하곤 안도의 한숨은 곧 혼자만의 한탄으로 변했습니다. 개원 시간은 9시 30분이라고 쓰여 있는데 지금 시간 9시 20분…….

서울과 안양의 경계선에 위치한 우리 동네는 바로 뒤로 관악산이 버티고 있고 앞으로는 안양천이 흐릅니다. 서울 인근에서는 찾아보기 힘든 한적한 동네여서 그런지 나이 드신 분들이 많은 편입니다. 그러다 보니 자연스럽게 이곳 정형외과는 할머니 할아버지들의 아지트가 되었습니다. 이런 점들 때문에 다른 병원보다 진찰 시간도 길어지고 대기 시간도 길어지기 일쑵니다. 그걸 알기에 제 딴에는 **빨리** 온다고 왔는데 한 발 늦었습니다. 우려는 곧 현실로 다가왔습니다.

어려 보이는 간호사가 가장 먼저 온 듯한 할머니에게 이름을 묻습니다.

"할머니, 성함이요."

여기서는 모든 사람들의 목소리 톤이 조금 높습니다.

"김······덕······순."

우스갯소리로만 듣던 김밥, 떡볶이, 순대 할머니입니다.

잠시 컴퓨터 화면을 들여다보던 간호사가 다시 묻습니다.

"할머니 성함이 없네요? 혹시 전에 자녀분 이름으로 진료 받으셨어요? 연세가 어떻게 되세요?"

한 톤 더 높아진 간호사의 물음에 분식집 할머니는 잠시 뜸을 들이다 입을 엽니다.

"용띠."

"할머니, 저 용띠라 그러면 몰라요. 몇 년생이신데요?"

간호사의 물음에 다시 잠시 뜸을 들이던 할머니가 옆에 앉아 계신 할머니에게 묻습니다.

"성님이 몇 살이요? 나보다 두 살 많죠?"

호피 무늬 옷을 입은 할머니가 대꾸를 해줍니다.

"난 범띠."

"그니까 성님 올해 나이가 몇 살이냐고요."

"긍께 내가 일흔……."

그러다 갑자기 두 분이서 웃기 시작합니다.

"까르르르! 성님은 자기 나이도 모르요?"

"너는 왜 모르냐? 까르르르!"

자신의 나이를 모르는 용띠 할머니와 범띠 할머니의 웃음 소리가 병원 대기실에 울려 퍼집니다. '용호상박'이란 단어가 제 머릿속을 맴돕니다.

이때 좀 전에 제가 앞질렀던 할머니가 느긋하게 현관문을 열고 들어옵니다.

"저기 무궁화 동상 들어오네! 마침 잘 왔네. 무궁화 동상, 지금 몇 살인가?"

용띠 할머니가 무궁화 빌라에 사시는 듯한 할머니가 자리에 앉기도 전에 재촉합니다. 그러나 이에 아랑곳하지 않고 무궁화 할머니는 느릿느릿 자리에 앉으며 느릿느릿 입을 엽니다.

"왜요? 성님이 내 나이 알아서 뭐하려고요? 혼자 사는 년 불쌍해서 중매라도 서실라우?"

호호! 하하! 까르르! 까르르!

무궁화동산에 웃음꽃이 만발합니다.

저는 터져 나오려는 웃음을 참느라 입술을 깨물며 속으

로 외쳤습니다.

'이제 그만! 제발 이제 그만!'

나이 많은 간호사가 나오고서야 용띠 할머니의 신상은 안부 인사와 함께 비로소 정리가 되었습니다. 덤으로 제 차례는 용띠 할머니와 범띠 할머니 다음이 아닌, 무궁화 할머니 뒤로 자연스레 밀렸습니다. 그리고 잠시 후 보라색 코트를 입은 할머니 한 분이 더 오셨고, 이곳 텔레토비 동산은 더욱더 웃음 꽃이 만발하였습니다.

2.

범띠 할머니는 진료를 마치고 물리치료실로 올라가시고, 용띠 할머니는 진료를 마치고도 늦게 오신 보라돌이 할머니와 담소를 나누고 계셨습니다. 진료실 안에서는 무궁화 할머니의 넋두리가 한참 이어졌습니다. 그리고 진료실을 나오며 약 좀 한꺼번에 많이 달라는 당부도 잊지 않았습니다.

그렇게 한참이 지난 후에야 제 이름이 호명되었고, 진료실로 들어서며 잠시 주위를 둘러보았습니다. 올 때마다 보는 사진들이지만 볼 때마다 정겹습니다. 오래되고 정돈되지 않은 진료실 벽에는 흑백 사진들이 걸려 있습니다. 일제강점기가 연상되는 케케묵은 사진들도 보이고, 온 가족의 차렷 자세가 미소를 머금게 하는 흑백 가족사진도 보이고, 이 동네의 예전 모습으로 보이는 풍경 사진도 여러 장 걸려 있습니다.

"어디가 안 좋으셔? 다리가 아픈가?"

일흔 중반 정도인 이곳 원장님은 환자가 문 열고 들어오는 모습만 봐도 어디가 아픈지 알아맞힌다는 무릎팍 도사, 아니 의사 선생님입니다. 물론 다리를 절며 들어온 저의 모습이 약간의 힌트가 되긴 했겠지만.

"며칠 전에 발목을 삐끗했는데 영 낫지를 않아……."

말이 끝나기도 전에 의사 선생님이 제 오른발을 잡아당겼습니다. 속절없이 끌려가는 오른발을 부여잡고 전 단호하지만 나지막이 말씀드렸습니다.

"왼발."

그리고 못다 한 말을 계속했습니다.

"삔 것치고는 너무 오래가고 아파서 혹시 뼈에 이상이라도 있을까……."

어느새 자연스레 왼발로 손을 옮긴 의사 선생님의 입에서 특유의 시니컬한 어투가 흘러나왔습니다.

"뼈에 이상 있으면 그렇게 걸어 들어오지도 못해. 걱정 마."

그리고 늘 하시던 대로 자세하고 친절한 설명이 이어졌습니다.

"이쪽으로 돌리면 아프지? 이쪽으로 돌리면 안 아프고……
맞지? 잘 봐. 사람의 다리는 여기 골반, 대퇴골, 정강이 쪽 다리
뼈…… 여기서부터 시작해서 여기로 이어지는 부분에서……."

그렇게 한참을 설명하고 마지막은 늘 같은 멘트로 마무
리를 합니다.

"별거 아니니까 걱정하지 마. 안 죽어!"

그러고는 옆에 있던 간호사에게 몇 마디 하고 차트에 뭔가
를 적는가 싶더니 고개도 안 돌리고 갑작스런 질문을 합니다.

"노래방 자주 가?"

뜬금없는 질문을 받은 저는 얼떨결에 답을 했습니다.

"아뇨. 노래를 못해서……."

의사 선생님은 그제야 고개를 돌리고 웃으며 이야기를 합
니다.

"어제 노래방 도우미 언니들이 상해진단서 끊어 갔거든.
손님한테 맞았다고……. 하여간 술 처먹고 아무 데서나 주먹
휘두르면 요즘 세상에 큰일 난다. 그러니까 행여나 그런 데
가서 술 먹고 아가씨들 부르지 말고, 노래 부르고 싶으면 혼
자 조용히 노래만 부르고 놀아. 알았지?"

왼발 운동화 끈을 조이다 말고 저는 졸지에 노래방에서
혼자 쓸쓸히 노래를 불러야 하는 처지가 됐습니다. 서둘러

진료실 문을 나서며 인사를 하는데, 의사 선생님의 한마디가 더 이어집니다.

"진짜로 노래방 안 가지? 얼굴 봐서는 잘 가게 생겼는데?"

옆에 같이 따라 나오던 간호사는 자기가 더 민망했는지 제 팔을 당기며 나갑니다. 나가는 저의 뒤통수에까지 의사 선생님의 당부가 이어집니다.

"술 먹고 노래방 가지 마!"

문을 닫고 간호사와 멋쩍은 웃음을 주고받는데, 문밖에서 이제나저제나 차례를 기다리던 보라돌이 할머니가 진료실 입구에서 급하게 저와 교차하면서 제 얼굴을 쳐다봅니다. 노래방 잘 가게 생긴 얼굴이 어떤 얼굴인지 보시는 것 같아서 괜히 얼굴이 화끈 달아올랐습니다.

2층에서 간단한 물리치료를 받고 내려와 처방전을 기다리는 동안에도 텔레토비 동산에서는 여전히 웃음꽃이 만발합니다.

"동상은 어떤데?"

"늘상 아파 죽겠는데도 의사 선상님은 죽지는 않는다네."

"주사 좀 놔 달라고 하지?"

"늙으면 다 아픈 법이랴. 주사도 많이 맞으면 안 좋다고 참으랴."

처방전을 받고 계산을 하는데 카운터 한편에 가래떡 몇 개가 비닐봉지에 싸인 채로 놓여 있습니다. 그러고 보니 할머니들 손에도 가래떡 한 개씩이 들려 있습니다.

병원 문을 나서는데 발걸음이 한결 가벼워졌습니다. 의사 선생님의 손길이 닿아서인지 물리치료 덕인지는 모르겠지만, 일 년에 두어 번 들를 때마다 어떤 부위든 늘 차도가 좋았습니다.

저도 사십대 중반이 되다 보니 언제부턴가 몸이 예전 같지 않다는 생각이 들 때가 많습니다. 다쳐도 금방 낫지 않아 불안한 마음에 이곳을 들르면 언제나 '안 죽어! 걱정 마!'라는 말을 듣습니다. 어쩌면 그 말이 듣고 싶어서 오는지도 모르겠습니다. 대기실의 할머니들도 저 같은 마음이 아닐까 생각해 봅니다.

중국 후한 말에 간단한 처방과 간결한 치료로 유명한 화타라는 명의가 있었습니다. 그는 옥살이 끝에 죽어 가며 제자에게 이런 말을 했다고 합니다.

"내가 앞날을 기약할 수 없으니 그대에게 내 의술의 비방을 전하겠소. 내가 죽은 후에 그대가 내 뒤를 이어 세상의 늙고 아픈 병자들을 널리 구해 주시오."

그로부터 2천 년 후, 제가 화타로 칭하는 우리 동네 의사 선생님은 저에게 이런 말을 남겨 주셨습니다.

·

·

·

"술 처먹고 노래방 가지 마라!"

쓰레기라 불린 사나이

오후부터 봄비가 촉촉이 내린 퇴근길, 동네 친구에게서 술 한잔하자는 전화가 왔습니다. 동네에 다다라 차를 서행하는데, 동네 입구에 있는 건재상의 셔터가 내려가고 있었습니다. 동네 친구이자 동창 녀석이 운영하는 가게입니다. 앞에 차를 세웠습니다.

"오늘은 문 빨리 닫는다?"

저의 목소리에 놀랐는지 영균이가 뒤돌아보며 웃습니다.

"어…… 교회에 좀 가려고. 좀 전에 길용이 왔다 갔는데, 술 한잔하자길래 난 교회 간다고 그랬어."

"안 그래도 전화 왔어. 만남의 광장에 있대."

뒷정리까지 다 끝낸 영균이가 옷매무새를 가다듬습니다. 오늘따라 말끔하게 차려입었습니다.

"저녁 예배 보러 간다는 놈 차림이 꼭 어디 선보러 가는 것 같다?"

이 한마디에 영균이의 얼굴이 빨갛게 달아오릅니다.

"못 보던 옷이네? 옷도 샀나 보네?"

"아냐, 무슨……."

서둘러 자리를 뜨려는 영균이에게 한마디 더 던졌습니다.

"넌 뭘 해도 얼굴에 다 쓰여 있어. 평소에 안 가던 저녁 예배 가는 것 보니까 그 아가씨도 오늘 저녁 예배에 오나 보네."

영균이가 검지를 입술에 대며 조용히 하라는 신호를 보냅니다. 옆집 과일가게를 가리키며 같은 교회에 다니는 사람이라고.

이내 영균이는 자리를 떴고, 전 아파트 지하 주차장까지 내려갔다 오기가 귀찮아서 영균이네 가게 앞에 차를 세워 두고 길용이가 기다리는 곳으로 갔습니다.

자리에 앉자마자 기다렸다는 듯이 안주가 나왔습니다.

"우리 프렌드 오기 전에 딱 맞춰서 안주도 시켰다. 요즘 너

다이어트한다 그래서 두부 안주로 시켰다. 잘했지? 이쁘지?"

제 앞에서 재롱을 피우고 있는 이 녀석은 동네 친구이자 고등학교 동창입니다. 좀 전에 새로 산 다이아몬드 무늬의 니트를 입고 하나님을 영접하러 간 녀석과 한 동네 사는 다 같은 친구 사이입니다. 우리 집 중학교 3학년 딸아이는, 자기가 좋아하는 연예인과 이니셜이 같다는 말도 안 되는 이유로, 길용이 삼촌이라고 부르지 않고 항상 지드래곤 삼촌이라고 부릅니다.

지드래곤이 술 한잔을 따릅니다. 하루 일하고 하루 쉬는 교대 근무를 하는 녀석은 오늘 오전에 등산을 갔다 와서 봄비가 내리는 오후 내내 동네 이곳저곳을 배회하다 술 한잔이 생각났나 봅니다. 영균이도 장가를 못 갔지만 지드래곤도 아직 장가를 못 갔습니다. 우리 동네 이름에 물 수 자가 들어가서 그런지, 노총각들이 널렸습니다. 아마도 동네 밑으로 수맥이 흐르나 봅니다.

소주 한 병을 다 비우고 두 병째 몇 잔이 돌 때쯤 술집 문이 열리며 영균이가 모습을 드러냈습니다. 자리에 앉기도 전에 지드래곤이 묻습니다.

"예수님 보러 간다며? 예수님도 나처럼 교대 근무하냐? 안 계셔?"

깐죽이는 지드래곤에게 영균이가 자리에 앉으며 대꾸합니다.

"그래, 임마! 오늘 비번이시다."

그렇게 셋이서 소주 몇 잔을 돌리고 나서야 길용이가 아까부터 의자 한편에 놓여 있던 쇼핑백을 저에게 내밀었습니다.

"저번에 말했던 등산화. 복희 씨한테 조금 크겠지만, 등산화는 좀 크게 신는 게 좋아. 깔창도 하나 더 넣었으니까 맞을 거야. 딱 한 번밖에 안 신은 거니까 새거나 마찬가지야. 내가 또 잘 닦았다."

아내에게 주라며 건네는 쇼핑백을 받으려고 하는데 영균이가 먼저 가로챕니다. 그리고 안에 있던 분홍색 등산화를 꺼내 봅니다.

"어! 이거 저번에 그 여자 준다고 산 거 아니야? 둘이 등산 간다고 네가 선물한 거잖아?"

길용이가 영균이의 손에 들린 등산화를 빼앗으며 입을 엽니다.

"한 번 같이 등산 가고는 안 가잖아. 그래서 다시 달라고 했어. 이게 얼마나 비싼 건데……. 마침 제수씨 등산 다닌다니까 제수씨나 주려고."

분홍색 등산화가 내 손에 들려지나 싶더니 영균이가 다시 빼앗아 갑니다. 그러고는 헛웃음을 지으며 열변을 토합니다.

"햐! 이걸 돌려달라고 했다고? 선물한 걸? 한 번 선물한 걸 다시 뺏었다고? 이런 쓰레기 같은 자식!"

영균이가 잘 마시지도 못하는 소주 한 잔을 입에 털어 넣습니다.

"야, 그럼 이게 얼마짜린데 등산도 안 간다는 사람을 주냐? 이거 신상이라서 엄청 비싼 거야."

등산화는 다시 길용이 손으로 건너갔습니다.

두부김치 위를 몇 번 건너다닌 등산화가 두부김치 옆 테이블 위에 어정쩡하게 놓여졌습니다. 제가 살짝 집으려고 하는데 다시 영균이의 손이 등산화를 감쌉니다.

"야! 이 등산화에 다이아라도 박혔냐? 이게 뭐라고, 한 번 준 선물을 돌려달라 그러는 쓰레기가 어딨냐?"

두부김치 위에서 영균이 손에 몇 번 흔들리던 분홍색 등산화를 다시 길용이가 낚아챘습니다. 그것도 한 짝만.

그렇게 분홍색 등산화는 사이좋게 지드래곤 앞에 한 짝, 영균이 앞에 한 짝이 놓이게 됐습니다. 그리고 저는 조용히 두부김치를 제 앞으로 조금 끌어당겼습니다. 그렇게 둘 사이에는 쓰레기라는 말이 몇 번 오가다가 영균이의 전화벨이 울리고야 잠시 조용해졌습니다.

"아, 안녕하세요? 아, 네……."

영균이가 두 손으로 전화를 받습니다.

"아뇨. 금방 갈게요. 아까 갔었는데 안 계셔서 오늘 안 오시나 했어요. 안 그래도 카메라를 맡기고 오면서 사용법을 잘 모르실 것 같아 걱정했는데……. 제가 지금 가서 알려 드릴게요."

영균이에게는 몇 년 전부터 짝사랑하는 같은 교회 아가씨가 있습니다. 아마도 오늘 그 아가씨에게 영균이가 가장 아끼는 카메라를 빌려 주기로 했나 봅니다.

"아니에요. 기다리세요. 저 금방 가요. 제가 알려 드려야 돼요. 그거 잘못 만지면 큰일 나요. 제가 갈 때까지 기다리세요. 가지 말고 꼭 기다리세요. 금방 가요."

전화를 끊고 허둥지둥 벗어 놨던 윗도리를 챙기고 분홍색 운동화도 한 번 들었다 놨다 하며 정신없이 자리에서 일어나는 영균이를 바라보던 지드래곤이 한마디 합니다.

"아니, 무슨 명동 바닥 지나가는 아가씨 궁뎅이냐? 만지면 큰일 나게?"

듣는 둥 마는 둥 술집 문을 빠져나가는 영균이의 뒷모습에 대고 지드래곤이 다시 한 번 일갈을 날립니다.

"너도 그 카메라 한 번 줬으면 그만이야. 뺏으면 너도 쓰레기야."

그렇게 저는 유치뽕짝인 난지도 쓰레기장에서 소주 몇 잔을 더 마시고 분홍색 등산화를 주섬주섬 챙겨서 자리에서 일어났습니다.

　　집으로 들어가는 길에 길용이가 과일가게에서 한라봉 몇 개를 삽니다. 여든이 넘으신 길용이 어머니가 좋아하는 과일입니다. 둘이만 살다 보니 과일도 길용이가 챙깁니다. 한라봉 몇 개를 나눠 담는가 싶더니 애들 갖다 주라며 저에게 건넵니다. 그리고 과일가게 바로 옆에서 이제는 철 지난 붕어빵을 팔고 있는 사장님에게 붕어빵도 몇 개 나눠 담아 달라고 합니다. 그러고는 붕어빵 하나를 입에 문 과일가게 아줌마와 한라봉 하나를 손에 든 붕어빵 사장님과 한참 이야기를 나눕니다.

　　제 손에는 붕어빵과 한라봉이 들려 있습니다. 그리고 분홍색 등산화도 들려 있습니다. 남들은 모르지만 전 이 등산화의 비밀을 알고 있습니다. 좀 전에 영균이에게 말했던 것처럼 줬다가 뺏은 물건은 아닙니다. 얼마 전 길용이가 마음에 두고 있던 여성에게 선물을 한 건 사실입니다. 그것도 몇 주간 고르고 고른 고급 등산화입니다. 등산을 좋아하는 길용이는 그 여성과 꼭 함께 가고 싶어 했습니다. 소원대로 한 번의 등산 데이트가 있었고, 며칠 후 그 여성이 길용이에게 다시 돌려줬습니다. 부담스러워서 돌려드린다는 말과 함께…….

우리 동네 노총각들은 사랑을 합니다. 그것이 몇 년의 짝사랑이든, 또는 서툰 다가섬 끝에 물을 먹는 헛사랑이든, 하여간 언제나 그들 나름대로의 사랑을 합니다. 예전에는 친구란 이름으로 주제넘은 조언과 간섭도 했지만 이제는 안 합니다. 남들이 세워 놓은 기준 따위는 상관이 없어졌습니다. 그들은 지금 그대로의 모습으로 사랑을 하고 사랑 받을 수 있다는 걸 알기 때문입니다.

어느새 저만치 앞서 가며 잘 들어가라는 손짓을 하는 길용이에게 아까부터 하고 싶었던 말이 있어 멀리서 불러 세웠습니다.

"길용아!"

길용이가 먹다 남은 붕어빵을 손에 들고 물끄러미 저를 쳐다봅니다.

"길용아, 오해하지 말고 들어. 그 여자한테 등산용 양말도 같이 줬었잖아? 혹시 그 여자가 그건 안 돌려주디? 사려니까 그것도 제법 비싸네."

갑자기 길용이가 손에 들고 있던 붕어빵 꼬리를 봉투 속에 집어넣고는 허리를 숙여 어두운 주변 땅바닥을 두리번거립니다.

저는 저 쓰레기를 너무 잘 알고 있기에 뒤도 안 돌아보고 냅다 뛰었습니다. 길용이가…… 돌을 줍기 전에.

우리 동네 이야기 Ⅲ

진달래파 vs 신학대파

1.

아침에 출근하는데 올해 76세 되신 어머니가 저를 불러 세웁니다.

"이거 하나 마시고 가라."

그러고는 바삐 다용도실로 향하십니다. 며칠 전 어머니가 봄이 되니 까칠해졌다며 제 얼굴을 쓰다듬던 기억이 문득 났습니다. '너도 이제 중년이니 건강에 신경 써야 한다'는 말씀 끝에 보약 얘기도 잠깐 나왔었습니다.

곧이어 어머니가 손에 뭔가를 들고 주방 서랍에 있는 빨대까지 챙겨서 나옵니다. 저는 체질적으로 쓴 걸 잘 못 먹는 터라 거실 탁자 위에 놓여 있는 사탕 바구니로 먼저 눈이 갔습니다. 단것을 좋아하는 아버지 때문에 늘 거기에 놓여 있습니다. 사탕 바구니 쪽으로 발길을 옮기려는데, 어머니가 제 손을 낚아채며 한 손도 아닌 두 손 가득 뭔가를 쥐어 주십니다.

제 두 손에 쥐어진 것은…… 빨대가 꽂힌 야쿠르트 두 병이었습니다. 사탕 바구니로 향하던 발가락이 부끄러운지 자꾸 오그라듭니다.

"야쿠르트 공장 견학 갔다 오셨어요?"

우리 동네 할머니들은 늘 이맘때쯤 되면 이곳저곳 나들이도 가시고 여기저기 견학도 다녀오십니다. 아마도 지금 다용도실에는 기념품으로 받아 온 야쿠르트가 몇 묶음 있을 겁니다.

"애들은 싸구려라고 거들떠도 안 보네. 너나 많이 먹어라."

잔뜩 오그라든 제 발가락이 안쓰러워 아침부터 말대꾸를 했습니다.

"엄마, 저도 회사에서 비싼 야쿠르트 먹거든요? 장까지 살아서 가는 천오백 원짜리 먹거든요?"

어머니가 헛소리 말고 빨리 마시라는 시늉을 합니다. 그러고는 한마디 덧붙이십니다.

"지랄하고 있네. 뭘 살아서 가? 요즘 날 따뜻한데 살아 있는 거 아무거나 처먹지 마!"

44년을 같이 살았는데 아직도 의사소통이 잘 안 되는 어머니를 뒤로하고 출근길에 올랐습니다.

거래처로 바로 가는 날이라 평소보다 두 시간 늦게 하는 출근길 풍경은 사뭇 달랐습니다. 며칠 전만 해도 아침 기온이 쌀쌀했는데 어느새 아침에도 봄 햇살이 따사로웠습니다. 아파트 후문 쪽으로 나오면 맞은편에 신학대학이 있습니다. 잔디가 예쁘게 깔린 앞뜰에는 벌써 할머니들 서너 분이 나와 봄 햇살을 맞고 계셨습니다. 제가 오늘 늦게 출근하는 바람에 어머니가 늦게 나와서 그렇지, 평소 같으면 저 자리에 같이 앉아 계셨을 겁니다. 아파트를 끼고 큰 도로가로 나와야 되지만, 평소 신호가 짧아서 한 블록 더 직진을 합니다. 그러면 빌라 촌을 끼고 작은 공원 하나가 나옵니다. '진달래공원'이란 간판이 예쁘게 걸려 있습니다. 이 공원 앞에 큰 은행나무가 있습니다. 그 은행나무 아래 작은 평상이 있는데, 그곳에도 벌써 대여섯 분의 할머니들이 나와 있었습니다. 얼마 전 병원에서 뵈었던 할머니도 나와 계셨습니다. 얼굴은 잘 기억나지 않지만 보라색 패딩을 보니 보라돌이 할머니가 맞는 것 같습니다. 그리고 어렴풋이 용띠 할머니의 모습도 보이는 듯했습니다.

우리 동네 할머니들은 두 문파로 나뉘어 있습니다. 바로 진달래공원을 거점으로 하는 진달래파와 신학대학교를 거점으로 하는 신학대파입니다. 이 두 문파의 기원을 거슬러 올라가면, 애초에는 은행나무파 하나였습니다. 그러다가 몇 해 전 아파트 단지가 완공되고 나서 자연스레 몇몇 할머니들이 아파트 가까이 있는 신학대를 거점으로 삼으면서 두 파로 갈리게 됐습니다. 그렇게 몇 해가 지나며 두 파의 색깔도 확연히 차이가 나기 시작했습니다.

무림으로 치면 '정파'라고 할 수 있는 은행나무파의 계보를 그대로 이어받은 진달래파는 오래된 조직과 탄탄한 위계질서를 자랑합니다. 그리고 거친 말투와 단호한 행동으로, 어느 동네에나 있을 법한 껌 좀 씹는다는 중고딩 애들을 밤이고 낮이고 공원 근처에 얼씬도 못하게 만드는 정통 무림의 고수 분들입니다.

그에 반해 무림으로 치자면 '사파' 격인 신학대파 할머니들은 한마디로 놀고먹는 데 능하신 분들입니다. 저희 어머니도 여기에 속해 계십니다. 음주가무에 특화된 신학대파는 하루는 신학대 행사에, 하루는 산막사 행사에, 또 하루는 길 건너 성당 행사에 참석하며 온몸으로 모든 종교의 벽을 허무는 건 기본이고, 얼마 전 한국으로 시집온 딸네 집에 다니러 온

베트남 할머니까지 초빙하여 종교에 이은 인종의 벽까지도 허무는 글로벌한 분들입니다.

2.

요즘 뉴스에 자주 나오는 일촉즉발의 크림반도 사건에 버금가는 일이 몇 해 전 우리 동네에도 있었습니다. 이름하여 '닭개장 사건'. 이 닭개장 사건으로 진달래파와 신학대파는 대립각을 세우게 되었고, 그 전까지는 하부조직으로 인식되었던 신학대파가 확실한 계파로 분리 독립하는 단초가 되기도 했습니다.

2001년 화창한 봄날, 신학대학 앞뜰에서 작은 잔치가 벌어졌습니다. 신학대파 할머니들 중 한 분의 아드님이 닭개장 한 냄비와 집에서 갓 삶은 수육, 그리고 막걸리를 대여섯 명의 신학대파 할머니들에게 대접했습니다. 아드님의 어머니는 평소 거동이 불편하신데, 어디를 놀러 가도 항상 신학대파 할머니들이 데리고 다니셨습니다. 마치 영화 '라이언 일병 구하기'를 연상시키듯, '함께가 아니면 안 간다'는 구호 아래 서로가 돌아가며 할머니를 부축하여 전투적으로 놀러 다니셨습니다. 그런 점이 못내 고마웠던 아드님이 작게나마 닭개장으로 보답을 한 것이었습니다. 겉으로 보기에는 아무런 문제가 없었던 이 사건이 진달래파 할머니들의 뇌관을 건드렸습니다. 그도 그럴 것이, 지금까지 동네에서 이런 작은 잔치들이 있을 때면 늘 진달래공원에서 함께 하는 것이 상례였는데 이때 처음으로 신학대에서 자기들끼리 잔치를 벌였던 것입니다.

'정파'인 진달래파 할머니들은 배신감에 치를 떨었습니다. 그리고 단호하고 빠른 행동으로 처절한 응징을 했습니다. 이틀 뒤 진달래파 어느 분의 며느리가 자의였든 타의였든 하여간 엄나무 닭백숙 한 상을 푸짐하게 준비한 것입니다. 이 잔치에 저희 어머니를 포함함 신학대파 할머니들은 처음부터 끝까지 철저히 배제되었습니다. 이렇게 연이은 닭개장 사건과 엄나무 닭백숙 사건으로 우리 동네 할머니들 사이에는 철의 장막이 아닌 닭의 장막이 쳐졌고, 마침내 양강 체제를 구축하기에 이른 것입니다.

좌회전 신호가 들어오고 큰 도로로 접어들었는데, 깜박 잊고 온 서류가 떠올랐습니다. 핸들을 급하게 돌렸습니다. 나오는 길은 복잡하지만, 다시 집으로 들어가는 길은 간단합니다. 신학대 주차장을 통과하면 바로 우리 아파트 후문이 나옵니다. 신학대로 들어서니 좀 전에 앉아 계셨던 할머니들 사이로 어머니가 보입니다. 저를 따라 바로 내려오셨나 봅니다.

파란색 파라솔 의자에 어머니를 포함한 네 분이 앉아 계십니다. 의자는 여덟 개입니다. 몇 해 전만 해도 신학대파 할머니들이 다 모이면 여덟 개의 의자가 꽉 찼습니다. 하지만 겨울을 넘기고 나면 빈 의자가 하나둘 생겨납니다. 아들딸네 집으로 가신 분도 있고, 집 밖에 나오지도 못할 정도로 거동이 불편해지신 분도 있고, 요양원에 가신 분도 있습니다. 물론 돌아가신 분도 있습니다. 하지만 빈 의자들은 늘 깨끗이 닦여져 있습니다.

아파트 경비실을 통과하는데 아침부터 안 보이던 아버지가 경비실 앞에 앉아 계셨습니다. 올해 84세 되신 아버지가 경비 아저씨와 이야기를 나누는 모습은 낯설지 않은 풍경입니다. 아버지의 오전 일과 중 한 가지입니다. 그런데 오늘따라 아버지가 앉아 있는 옆자리에 덩그러니 놓인 빈 의자가 눈에 밟힙니다. 그 자리는 작년 여름까지만 해도 여섯 살 많은 아버지에게 늘 '형!'이라고 부르던 아랫집 할아버지의 자리였습니다.

아랫집 할아버지가 돌아가시고 며칠 안 돼서 아버지가 늦은 밤 거실에서 혼자 약주 한잔을 들고 계셨습니다. 옆에 앉아서 술을 따라 드리며 물었습니다.

"찬일이 할아버지가 안 계시니까 많이 서운하시죠?"

말없이 술잔을 넘기시던 아버지가 뜬금없는 질문을 했습니다.

"넌 오늘의 운세가 어떠냐?"

빈 잔에 술을 따랐습니다.

"전 그런 거 잘 안 봐요."

아버지가 술잔을 제 앞으로 밀며 한잔하라는 시늉을 하셨습니다.

"나도 오늘의 운세는 안 본다. 아니, 솔직히 말하면 안 보는 게 아니라 못 본다. 언제부턴가 31년생 양띠는 오늘의 운세에도 안 나오더라. 하긴, 이 나이에 물가를 조심하라 그러겠냐, 아님 재물운이 있다 그러겠냐?"

집에 들러서 잊고 온 서류를 챙겨 가지고 다시 몇 분 전에 갔던 출근길을 되짚어 갔습니다. 경비실 앞에 계신 아버지를 지나고, 신학대파 할머니들을 지나고, 진달래파 할머니들을 지났습니다.

우리 동네 할머니들은 가끔 애들처럼 다투기도 합니다. 때론 홍콩영화 같은 누아르도 보여 주십니다. 이분들 중에는 아직 오늘의 운세가 나오는 분도 있고, 아버지처럼 오늘의 운세가 나오지 않는 분도 있습니다. 아무쪼록 우리 동네 할머니들

에게 오늘의 운세보다는 내일의 운세, 아니 일 년 뒤의 운세
가 더욱 좋았으면 하는 바람을 오늘 아침 문득 가져 봅니다.

달콤살벌한
아내

한 달에 한 번
미실로 변하는 아내

간단하게 술 한잔을 걸치고 집에 들어왔습니다. 번호키를 눌러 조용히 현관문을 열고 부모님 방 앞에서 인기척을 확인합니다. 아이들 방으로 가서 잠들어 있는 아이들도 확인합니다.

그러곤 우리 방 방문을 여는데, 아내가 달빛…… 아니, 무드 조명을 받으며 화장대 의자에 단아하게 앉아 있습니다.

"오셨소? 일단 씻고 오시오."

진짜 하오체로 말한 건 아니지만, 제 귀에는 그렇게 들립니다. 차분한 말투에 냉기가 서려 있습니다. 샤워하는 내내 마음이 무겁습니다. 이미 취기는 온데간데없습니다.

머리의 물기를 말리며 서성이는 제 시야에 화장대 위에 다소곳이 올려져 있는 카드 명세서가 들어옵니다. 한 달에 한 번, 아내가 미실로 변신하는 순간입니다.

"일단 앉으시오."

저는 다소곳하게 자리에 앉습니다. 카드 명세서를 훑어보는 아내의 눈매가 매섭습니다. 무릎을 꿇고 앉아 있는 것도 아닌데 다리가 저려 옵니다.

두 건의 주유와 한 건의 술집 명세서에 대해 자세한 내용을 읊으라고 합니다. 두 건의 주유는 회사 차에 기름 넣은 것인데 물론 다음날 바로 현금으로 챙겼지만 그냥 흐지부지 없어졌고, 한 건의 술집 명세서는 기억이 없다고 얼버무렸습니다. 저는 달력을 들춰 가며 '이날 무슨 일이 있었던가?' 하는 액션을 의미 없이 취해 봅니다. 물론 기억은 다 납니다. 하지만 이 상황에서는 모른 척하는 게 신상에 좋다는 결론을 내린 것입니다.

하지만 우리의 미실이는 모든 걸 알고 있다는 듯 오묘한 미소를 지으며 '난 관대하니 솔직히 불어!'라고 말하는 것 같습니다. 점점 길어지는 저의 변명과 흐려져 가는 말끝에 미실의 레퍼토리 2장 1절이 이어집니다.

"내가 당신 카드 쓰는 것 때문에 이러는 게요? 카드를 썼으면 바른대로 이실직고를 해야지요. 이렇게 뜻하지 않은 지출이 늘어나면 우리 가정경제에 큰 구멍이 생기지 않소? 이 시간 이후로 이 문제에 대해서 다시는 언급하지 않을 테니 앞으로는 카드 전표 바로바로 가지고 오기 바라오. 알……겠……소?"

끝말의 억양이 길게 늘어지면서 제 간담을 서늘하게 합니다.

전 잽싸게 이부자리를 깔고 미실을 잠자리로 들게 합니다. 그리고 옆에 다소곳이 눕습니다. 미실이 팔베개를 원합니다. 역사 속의 미실 남편도 미실에게 팔베개를 해줬을까요? 해줬다면 지금 저처럼 이렇게 불편했을까요?

문득 예전에 아버지와 술 한잔을 하면서 나눴던 대화가 떠올랐습니다.

"아버지는 엄마 팔베개 해준 적 있어요?"

아버지가 소주잔을 드는가 싶더니 다시 내려놓으며 조용하게, 하지만 단호하게 한마디 하셨습니다.

"그런 거 하라고 팔 두 개 만들어 준 거 아이다."

아, 네…….

카라를 보며 흐뭇한 아저씨,
그리고 아줌마

4학년 딸아이의 다급한 목소리가 들립니다.

"아빠 아빠! 빨리빨리! 나온다!"

안방에 있던 저는 우사인 볼트의 폭발적인 스피드로 거실로 뛰쳐나갑니다. 그리고 엣지 있는 자세로 TV에 코를 박습니다.

- •
- •
- •

3분여의 몽롱한 시간이 지나고 주변 환경이 눈에 들어올 때쯤 아내의 앙칼진 목소리가 들립니다.

"했어?"

"뭐?"

아내가 아랫입술을 꼭 물고 다시 한 번 물어 옵니다.

"했냐고?"

전 기어들어가는 목소리로 되묻습니다.

"뭐? 뭐라 그랬는데?"

아내가 긴 한숨을 내쉬며 말합니다.

"내가 지금 네 번째 말한다. 창틀 먼지 빨아들였냐고?"

"아…… 해야지."

3분 전에 내팽개친 안방의 청소기를 향해 전 무거운 발걸음을 옮깁니다.

거실에선 아내가 딸아이에게 경고성 발언을 합니다.

"너, 아빠가 일하고 있을 때는 카라 아니라 카라 할머니가 나와도 아빠 부르지 마!"

오후 들어 화장실에서 볼일을 보고 있는데 또 딸아이의 다급한 소리가 들립니다.

"아빠 아빠! 빨리빨리! 나온다!"

상황이 상황인지라 볼트의 스피드는 못 내고 엉거주춤한 자세로 거실로 뛰쳐나갑니다. 중간에 끊는 찜찜함을 무릅쓰고. 그리고 엉거주춤한 자세로 TV에 코를 박습니다.

·

·

·

또 아쉬운 3분여의 시간이 지나고 주변 환경이 눈에 들어옵니다.

아내가 주방에서 설거지를 하다 수도꼭지를 만지작거리며 한마디 합니다.

"아무리 명절이지만, 쟤네들은 수도꼭지도 아니고…… 틀면 나오냐?"

명절 내내 컴퓨터와 친구 하던 6학년 아들 녀석이 코를 막고 화장실에 들어가며 한마디 합니다.

"요즘 아빠 소원이…… 카라가 우리 옆집으로 이사 오는 거래."

아들 녀석이 아빠를 벼랑 끝으로 몹니다.

그리고 이어지는 딸아이의 추임새.

"아빠가 젤 부러운 사람이…… 카라 옆집에 사는 사람이래."

딸아이가 벼랑 끝에 서 있는 저를 밀어 버립니다.

아내가 헛웃음을 지으며 빨간 고무장갑을 낀 채 제게 다가옵니다.

"내가 이런 말은 안 하려고 했는데…… 당신 요즘 카라만 나오면 정신줄 못 차리고 있는 거 알아? 내년이면 당신 마흔이야."

저도 소심한 반격을 해봅니다.

"내가 뭐 하루 종일 쟤네들만 바라보고 있냐? 일주일에 한두 번, 그것도 사발면 익는 시간 딱 3분. 그 정도 시간도 나에게 허락이 안 되는 거냐? 어?"

아내가 고무장갑을 벗어 들며 목청을 높입니다.

"당신 말 잘했다. 쟤네는 3분이나 그윽한 눈빛으로 바라보면서, 언제 나한테 단 1분이라도 그런 시선 준 적 있는지 기억해 봐. 있어? 요즈음…… 아니, 몇 년간?"

저는 바로 꼬리 내리고 반성의 시간으로 들어갔습니다.

아내의 말이 맞는 것 같습니다. 요즈음 아내를 애정 어린 눈빛으로 바라본 적이 있었던가. 뒷베란다 창고에 처박혀 있는 웨딩 화보, 그것도 십수 년 전 창경궁에서 찍은 야외촬영 때 그윽한 눈빛으로 아내를 쳐다보던 사진 이후로는 기억이 없습니다.

명절날 바쁜 하루를 보내고 밤늦게 고단한 몸을 소파에 누인 채 TV를 보는 아내.

저는 살며시 아내 곁으로 다가갔습니다. 그리고 오랜만에 아내의 눈을 바라봤습니다. 흐리멍덩하게 변색한 제 눈과 비교하면 아내는 아직 초롱초롱하고 선명한 눈동자를 가지고 있더군요. 그리고 애정 가득한 촉촉한 눈빛.

그 눈빛을 따라가 보니…… 아내가 향한 시선의 끝에는 TV 속의 한 남정네…… 이 · 승 · 기!

이런!

그냥 승기도 아니고 '우 · 리 · 승 · 기'. 우리 신랑, 우리 아들, 우리 딸……처럼 가족 앞에나 붙는 '우리'라는 단어를 아주 자연스럽게 붙이는 유일한 연예인.

3분도 아니고 한 시간 내내 엷은 미소를 잃지 않는 아내……. 명절 피로 풀어 주는 데는 남편보다 '우리 승기'가 더 좋은가 봅니다.

잠자리
편안하세요?

결혼 전과 결혼 후의 잠자리는 천지차이입니다.

결혼 전 총각 때는 작은 방이지만 독방에 요를 깔고 누워 이불을 덮고 두 손을 가슴에 모읍니다. 그리고 잠이 들죠. 아침에는 가슴에 모아져 있던 손을 내리고 일어납니다.

이렇게 간단명료했던 잠자리가 결혼을 하고 나서 많이 바뀌었습니다.

조금 넓어진 방에 요를 깔고 이불을 덮습니다. 여기까지는 별반 다를 게 없습니다. 그런데 가슴에 올려놓은 제 오른 팔이 쭉 펴지더니 묵지한 머리 하나가 올려집니다. 절대 자의에 의한 건 아닙니다. 그래도 제 버릇 개 못 준다고, 남은 왼손은 가슴에 고이 올려져 있습니다.

좀 있자니 제 팔이 아닌 다른 팔 하나가 턱하니 제 가슴에 올려집니다. 그리고 묵직한 다리 하나가 제 배 위에 걸쳐집니다. 머리 하나, 팔 하나, 다리 하나……가 제 몸을 짓누릅니다. 별것 아니라고 생각하는 사람도 있겠지만, 이 정도면 사람 몸무게의 절반을 올려놓은 겁니다. 마트에서 파는 쌀 한 포대의 무게가 보통 20킬로그램인데, 저는 매일 밤마다 쌀 한 포대를 제 몸 위에 얹고 자는 겁니다.

얼마나 시간이 흘렀을까. 쌀포대가 의식을 잃어 가면 전 일단 감각이 무뎌진 오른팔을 빼서 허공에 몇 번 휘저어 봅니다. 짓눌렸던 혈관을 타고 피가 다시 돌 때의 찌릿함이 느껴집니다. 곧이어 제 몸 위에 걸쳐진 팔 하나를 걷어냅니다. 나머지 다리 한쪽도 걷어냅니다. 그러고 나서 크게 심호흡을 하며 자유를 되찾은 희열을 느낍니다. 그리고 다시 찾은 오른팔을 마저 가슴에 얹고 잠을 청합니다.

얼마 후, 몸에 한기를 느끼고 잠이 깹니다. 옆에서 자고 있는 쌀포대가 이불을 돌돌 말아 버린 통에 비 오는 날의 처마 밑 강아지처럼 처량하게 웅크려 있는 제 자신을 발견합니다. 전 이불을 주섬주섬 정리하고 다시 이불 속으로 들어갑니다.

인기척에 쌀포대가 몸을 뒤척입니다.

그리고…… 팔 하나가 다시 올라옵니다. 뒤이어 다리 한쪽이 배 위로 올라오고, 아내가 잠결에 무언가를 찾는 듯 더듬거립니다. 하는 수 없이 저는 오른팔 내밉니다. 다시 묵직함이 제 팔의 동맥을 짓눌러 옵니다.

이런 잠자리에 적응이 되겠지, 되겠지, 하고 흘러 온 세월이 15년입니다. 결론은 적응이 안 되더군요. 세월에 무게 때문인지, 쌀포대의 무게만 점점 더 늘어났습니다.

며칠 감기 기운이 있어서, 방학이라 한가한 아이들을 우리 방으로 보내고 저 혼자 아이들 방에서 몸을 추슬렀습니다. 가슴에 손을 얹고 잠들었다가 아침에 깨어 손을 내리는 꿈같은 사흘을 보냈습니다.

그런데 운동을 나가기 전에 저의 아침밥을 챙겨 주시며 어머니가 근심 어린 표정으로 넌지시 한마디를 건넵니다.

"싸웠냐?"

"네?"

"에미하고 싸웠냐고? 너그 왜 요즘 각방 쓰노?"

며칠 동안 아침마다 아이들 방에서 나오는 저를 보며 어머니가 걱정을 하셨나 봅니다.

"아뇨. 감기 기운이 있어서 애들 방에서 보일러 좀 세게 틀고 혼자 잤어요."

저의 변명에도 어머니는 여전히 못 미더운 표정을 지으며 한마디 덧붙이십니다.

"부부는 죽으나 사나 한 이불 덮고 자야 된다."

그날 밤, 저는 짧은 외도를 뒤로하고 안방으로 돌아갔습니다. 며칠 새 버릇이 됐는지 혼자 벽을 보고 누워 자는 아내를 뒤에서 살포시 안으며 이불 속으로 들어갔습니다. 아내의 가슴에 손을 얹고, 아내의 엉덩이에 다리도 올려놓았습니다. 따뜻한 체온, 새근거리는 숨소리……. 편하긴 편하더군요.

그런데 인기척에 아내가 자세를 바로잡습니다. 어느새 제 가슴에 팔 하나, 배에 다리 하나, 그리고 오른팔에 전해져 오는 묵직한 압박감…….

아, 괜히 건드렸나 봅니다. 어머니 걱정 때문에 또 쌀포대에 눌려 혈액순환 장애를 겪으며 잠들게 생겼습니다.

명절 앞둔 남편의
처절한 몸부림

어느덧 설날이 코앞으로 다가왔습니다. 이맘때쯤이면 명절을 앞두고 여러모로 신경 곤두서는 사람들이 많습니다. 그중에서 특히 주부들이 가장 예민해지는 시기입니다. 결혼 15년차인 저는 이쯤 되면 슬슬 아내의 눈치를 보며 비위 맞추기 작전에 돌입합니다.

명절 15일 전

6학년 아들 녀석의 중학교 진학 문제로 저희 부부 사이에 약간의 충돌이 있고 나서 아내의 심기가 불편합니다. 전

달력을 한번 훑어보고 매년 되풀이되는 작전에 돌입합니다.

퇴근길에 마트에 들러서 요가 매트 하나를 샀습니다. 그러고는 저녁 준비를 하는 아내에게 퉁명스럽게 매트를 건넸습니다.

"뭐야?"

아내도 퉁명스럽게 말을 건넵니다.

"어, 요가 매트. 당신 요 근래 날 춥다고 밖에도 못 나가고 집 안에서 방석 깔고 제자리걸음 하는 게 맘에 걸려서…… 인터넷에서 샀어. 이거라도 깔고 하라고."

이렇게 해서 1만 9천 원을 투자한 요가 매트로 하루, 며칠 동안 마음에 걸렸다는 립 서비스로 하루, 충동구매가 아니라 인터넷으로 계획적인 구매를 했다는 데서 또 하루, 도합 사흘 정도는 약발이 갈 겁니다.

명절 8일 전

명절 대목 보는 회사에 다니는 아내가 휴일에도 출근을 합니다. 일 년에 두 번, 명절 앞둔 휴일에 출근하는 아내를 자가용으로 출근시켜 줍니다. 조금 일찍 나가서 원두커피 한 잔을 뽑아 들고 휴일 아침 햇살을 받으며 아내와 커피 타임을 보냅니다.

"청소하고."

"넵!"

"화장실도 하고."

"넵!"

"애들 잘 챙기고, 송이 좋아하는 짜장면도 시켜 주고."

"넵!"

아내의 사무실 앞까지 배웅하며 손을 흔들고 헤어집니다.

이렇게 자가용 출근 서비스와 집 청소, 애들 챙기기를 하고 나면 하루 정도 약발이 갈 것 같습니다.

명절 7일 전

며칠 전 급하게 돈이 필요해서 아내에게 2백만 원을 빌렸습니다. 아내는 3일 이자로 5만 원을 요구했습니다. 저는 두말없이 콜을 외쳤습니다.

사흘 후, 저는 원금 2백만 원과 약속한 이자 5만 원, 그리고 고맙게 잘 썼다는 말과 함께 팁 5만 원을 보태 총 10만 원의 웃돈을 아내에게 건넸습니다.

이렇게 명절을 앞두고 한 푼이 아쉬운 아내에게 의도된(?) 이자 놀이를 하고 나면 일주일 정도는 아내 맘이 풀릴 겁니다. 그러고 나면 저도 주머니 사정이 궁해지지만, 생각보다 약발이 오래가는 작전이니 뭐 괜찮습니다.

명절 6일 전

아내에게 문자를 보냈습니다.

[형우 엄마, 당신 요즘 다리 아프다고 해서 어젯밤에 다리 좀 주물러 주려고 했는데, 나도 피곤해서 그냥 모른 척 잤다. 미안해. 오늘 오일 좀 준비해 둬. 오일 마사지 해줄게]

아내에게서 문자가 왔습니다.

[정말? 자기야~ 알라븅]

이렇게 아내가 제일 좋아하는 서비스로 못을 박아 놓으면 명절날까지 별 문제는 없을 겁니다.

명절을 앞둔 남편의 몸부림이 너무 처절하게 느껴진다구요? 그렇게 느끼셔도 할 수 없습니다. 저도 살아야 하지 않겠습니까? 흐흐.

드라마의 좋은 점,
그리고 나쁜 점

좋은 점

저녁 7시 40분쯤 아내에게 전화했습니다.

"형우 엄마, 나 오늘 갑자기 약속이 생겨서 술 한잔 먹고 좀 늦게……."

말도 안 끝났는데 아내가 다급하게 대답을 합니다.

"알았어, 끊어."

뚝!

드라마에 정신 팔린 아내의 무신경함에 전 나름 행복을 느낍니다.

나쁜 점

8시 10분에 전화벨이 울립니다.

"어디야? 누구랑? 왜? 언제 와?"

몇 분 전과는 사뭇 다른 분위기입니다.

"좀 전에 전화했잖아. 약속이 생겨서 술 한잔한다고."

아내가 즐겨 보는 일일 시트콤이 끝났는지, 아내가 제정신으로 전화를 했습니다.

일상으로 돌아온 아내의 모습에…… 슬픔을 느낍니다.

좋은 점

술 한잔이 길어지고 2차로 이어집니다.

10시에 전화를 합니다.

"형우 엄마, 술자리가 좀 길어져서…… 호프 한잔만 더 하고 들어갈게."

전화기 너머 아내가 조용합니다. 전 재차 설명을 합니다.

"형우 엄마, 나……."

그제야 아내가 대답합니다.

"어? 어…… 알았어. 끊어!"

월화 드라마에 정신 팔린 아내의 무신경함에 나름 또 행복을 느낍니다.

나쁜 점

11시에 아내에게서 전화가 옵니다.

"어디야? 왜 안 와? 언제 와?"

아내가 제일 좋아하는 월화 드라마가 끝났나 봅니다.

다시 일상으로 돌아온 아내가…… 조금 슬프게 느껴집니다.

좋은 점

가끔 아내가 즐겨 보는 드라마를 같이 보다가 문득 아내의 표정을 옆에서 지켜보고 있으면 세상 행복을 다 가진 여자 같습니다. 마치 자기가 드라마 속 여자 주인공인 양 표정도 따라 짓고, 웃을 때 같이 웃고, 슬픈 땐 같이 슬퍼합니다. 그리고 남자 주인공의 사랑 가득한 눈길을 받을 때면 이십대 시절의 설렘을 느끼는 듯합니다.

'사십대에 접어든 이 아저씨가 아내에게 저런 설렘을 줄수 있을까?'

그리고 보면 드라마를 보면서 대리만족을 느끼는 것 같은 아내의 행복감에…… 저도 나름 행복해집니다.

나쁜 점

아내가 드라마를 보다가 한숨을 쉽니다.

"자기야, 우리도 저런 고급스런 레스토랑에 가서 파스타 한번 먹어 보자."

갑작스런 아내의 말에 제가 되묻습니다.

"파스타? 스파게티 말하는 거야?"

아내는 다시 드라마에 눈길을 주며 중얼거립니다.

"봉골레 파스타가 뭔지 한번 먹어 보고 싶어."

"뭐? 봉걸레?"

아내가 다시 한숨을 쉽니다.

"형우 엄마, 파스타나 스파게티나 그게 그거 아냐. 애들 피자 시킬 때 스파게티 하나 추가시켜 줘? 봉걸레 파스타나 케첩에 비빈 스파게티나 뭐 거기서 거기지."

갑자기 초고속 카메라가 돌아가듯이 아내의 고개가 제 쪽을 향해 서서히 돌아옵니다. 그리고 빨리 감기 버튼이 눌렸는지, 속사포같이 내쏩니다.

"어제 카드 명세서 보니까 곱창 드셨나 봐요? 가격을 보니 소 곱창 드셨나 봐요? 동물 내장에 똥 찬 건 마찬가진데, 돼지 곱창 드시지 왜 그 비싼 소 곱창을 드셨어요? 네? 네?"

저도 할 말은 있습니다. 기어들어가는 목소리로 한마디 했습니다.

"똥 찬 곱창 안 먹었어. 대창 먹었지……."

등짝 한 대 맞았습니다. 아, 슬픕니다.

어제는 남편보다 월화 드라마를 더 애타게 기다리는 아내가 얄미워 괜한 심통을 한번 부려 봤습니다.

"형우 엄마, 오랜만에 술 한잔하러 나가자."

물론 드라마 하는 시간인 걸 알면서 넌지시 아내를 떠봤습니다. 그런데 거부할 줄 알았던 아내의 입에서 의외의 대답이 나옵니다.

"정말? 나가자!"

너무나 쉽게 드라마를 포기하고 미운 남편을 택하는 바람에 전 어안이 벙벙해졌습니다. 그래서…… 매운 닭발 하나 포장하고 슈퍼에서 소주 한 병 사가지고 주차장으로 갔습니다. 그리고 주차돼 있는 차 안에서 DMB로 드라마 보면서 소주 한잔했습니다.

혹시 어제 안양 모 아파트 주차장의 제일 구석진 자리에 서리 잔뜩 낀 차를 보신 분이 계시면 오해하지 말기 바랍니다. 그냥 드라마 보면서 소주 한잔했을 뿐입니다. 정말입니다. 근데…… 서리는 왜 그리 잔뜩 끼는지, 원. 흐흐흐.

남편이 듣기 싫은
아내의 잔소리

"쉬는 날 소파에만 퍼질러 있지 말고 청소라도 좀 해라."

일요일 오전 소파에 널브러져 정신 못 차리고 있으면 꼭 듣게 되는 아내의 잔소립니다. 주섬주섬 몸을 일으키지만, 마음 한편에 딱 이런 생각이 듭니다.

'하늘 같은 남편이 일요일에 좀 쉬겠다는데, 여자가 어디서 건방지게 말이야. 그것도 소리까지 질러 가면서……. 뭐? 청소기? 청소기를 돌리라고? 여자가 청소기 밀 때 남자가 발 살짝 들어 주면 아이고 감사합니다 할 것이지, 얻다 대고 청소기를 밀라 마라야? 자기는 일요일 아침부터 컴퓨터에 앉아

서 쇼핑 창 열어 놓고 있으면서 말이야.'

"인간아, 여름이라서 덥다고 밤에 곁에도 안 오냐?"
혼자 몸 가누기도 어려운 열대야에 무슨……. 머릿속에 또
이런 목소리가 맴돕니다.
'어디 여자가 눈 똥그랗게 뜨고 남자한테 곁에 오라 마라
야? 그리고 뭐? 의무방어? 더운 날 남자가 같은 방에서 자
주는 것만 해도 아이고 감사합니다 해야지, 얻다 대고 달력
에 체크질이야?'

"그만 좀 먹어라. 다른 집 남자들처럼 운동이라도 좀 하
든지."
나이 40이 넘어가니 배 둘레가 하루가 멀다 하고 늘어나
고, 없던 식탐까지 생깁니다. 그래도 그렇지, 눈까지 찌푸리
며 말하는 아내를 보면 또 울컥합니다.
'어디 여자가 남편 식사하는데 옆에 앉아서 쫑알거려? 그
것도 위아래로 훑어보면서 건방지게 말이야. 그리고 뭐? 텔
레토비? 혼자 양말 신고 발톱 깎는 텔레토비 있으면 나와 보
라 그래. 어디서 건방지게 텔레토비 타령이야. 또 뭐? 식스
팩? 팬티 자국 위가 상체고 아래가 하체라고 구분만 되면 됐

지, 어디 여자가 건방지게 식스 팩 타령이야?'

"아이고, 옷장을 열어도 여름에 입을 옷이 없네. 에휴!"

외출을 하려는데 아내가 옷장 앞에서 시간을 지체합니다. 겨울에야 이것저것 껴입으니까 상관없지만, 여름옷은 남들 보기에도 시원하고 본인도 시원해야 하는데 마땅한 게 없나 봅니다. 한참을 그러고 있더니 뭔가를 원하는 듯 절 쳐다봅니다. 제 맘 한구석에서 작은 외침이 들립니다.

'여자가 옷장 앞에서 서성이는 것 자체가 문제야. 어디 건방지게 남자 앞에서 옷 타령이야. 뭐? 시스루룩? 어디 발음하는 남자 혀 꼬이게 이상한 옷 타령이야? 작년 체육대회 때 타온 하늘색 단체 반팔 티 스몰 사이즈 줬으면 아이고 감사합니다 하고 입어야지, 얻다 대고 건방지게 말이야.'

연일 계속되는 불볕더위에 요즘 유행하는 어느 개그맨 흉내 내며 헛소리 한번 해봤습니다.

며칠 전 아내와 저 사이에 다툼이 있었습니다. 늘 그렇듯 아내의 잔소리로 다툼이 시작됐습니다. 남자들이 잔소리로 치부하는 그런 말들이 아내 입장에서는 참다 참다 하는 소리라는 걸 압니다. 하지만 남자 입장에선 들어서 기분 좋은 소리는 아니죠.

다툼이 마무리되고 화해의 순간으로 접어들 때, 어떻게 하다 보니 아내의 가슴에 안기게 됐습니다. 잠시 후 아내의 손이 제 머리를 쓰다듬었습니다. 그 손길이 마치 '당신 힘든 거다 알아'라고 말하는 것 같았습니다.

아내의 손길도 오랜만이지만, 품에 안겨 본 적이 언제였는지 기억조차 가물가물합니다. 가끔은 힘들 때 아내의 품에 안겨도 된다는 걸 15년 동안 잊고 살았는지, 아니면 모르고 살았는지……

안겨 본 결과…… 가끔은 잔소리꾼 아내의 품에 안겨도 될 것 같습니다. 다만…… 열대야에는 좀……. 흐흐.

아내가 저를
창피해합니다

　15주년 결혼기념일을 맞아서 아내가 저에게 선물을 했습니다. 최고급 피트니스 센터, 그것도 무려 3개월 회원권……. 이건 제 아내가 주장하는 거고, 뭐 실상은 저희 아파트 단지 내에 있는 주민을 위한 헬스장입니다. 실비만 받고 운영하는 그런 곳입니다.

　아내는 한 달 전부터 다니고 있었습니다.

　퇴근 후에 헬스장에서 만나기로 하고 집에 들어가 보니, 아내는 벌써 헬스장에 가 있더군요. 아내가 새로 사준 러닝화를 들고, 삼선 슬리퍼를 끌고, 추리닝을 입고 집을 나섰습니다. 비록 동네 헬스장이지만 태어나서 처음으로 그런 곳엘 가본 저로서는 입구에 들어서면서부터 조금 위축이 되었고, 겸연쩍어하며 들어서는 저에게 러닝머신에서 TV를 보며 이어폰을 꽂고 당당하게 워킹을 하는 아내의 뒤태는 든든한 모습으로 다가왔습니다.

전 반가운 마음에 쭈뼛쭈뼛 아내에게 다가가서 눈인사를 건네고 방긋 미소를 지었습니다. 가쁜 숨을 몰아쉬며 뒤돌아보는 아내의 콧등에 땀방울이 맺혀 있습니다. 그리고 얼굴보다 뒤늦게 슬로비디오로 돌아오는 머리카락에는 땀이슬이 흩날립니다. 아내가 광고 속 주인공 같습니다.

그런 아내가 저에게 한마디 합니다.

"지퍼 올려!"

앞을 헤벌레 풀어헤친 제 추리닝 사이로 불뚝 솟아오른 배가 보기 싫었나 봅니다.

조용히 지퍼 올렸습니다.

그러자 아내가 한마디 더 합니다.

"저기 저쪽에 역삼각형 아저씨 있지? 엄청 몸 좋은 아저씨. 트레이너는 아닌데, 아까 나도 좀 가르쳐 줬거든. 그러니까 자기도 저분한테 가서 기구 다루는 법 좀 가르쳐 달라 그래. 가서 좀 배워. ……뭐해, 안 가고? 가서 가르쳐 달라고 하라니까!"

이 말이 마흔 살 먹은 배 나온 아저씨에게 어떤 데미지로 다가올까요? 저와 함께, 예전 TV에서 봤던 '동물의 왕국' 한 장면을 상상해 볼까요?

태양이 이글거리는 넓은 초원에 임팔라 무리가 한가로이 풀을 뜯고 있습니다. 그 임팔라 중에 유난히 하체가 부실해 보이고, 늙어서 뱃살이 축 늘어지고, 눈곱이 끼고 눈빛이 흐리멍덩한 수컷 임팔라 한 마리가 있습니다. 그 임팔라에게 암컷 임팔라 한 마리가 다가와 말을 겁니다.

"너 왜 이렇게 힘이 없냐? 저기 저쪽 나무 그늘 아래 사자 한 마리 보이지? 갈기 휘날리며 늠름하게 서 있는 덩치 제일 큰 수사자 말이야. 저 수사자한테 가서 싸우는 법 좀 배우고 와라. 언제까지 이렇게 무기력하게 살래? 가서 싸우는 법 좀 가르쳐 달라 그래. 왜? 잡아먹힐까 봐? 걱정 마. 저 사자는 닭만 먹어. 그것도 가슴살만. 그러니까 그런 우물쭈물한 표정 버리고 빨리 가, 어서! 뭐해? 빨리 가서 좀 가르쳐 달라고 하라니까."

그 늙은 임팔라는 어떤 심정일까요? 아마 지금 제 심정일 겁니다.

저, 그냥 사이클 탔습니다. 아내가 옆에서 계속 구시렁거립니다.

"뭐가 창피…… 그냥 가서 배우면…… 모르는 주제…… 저런 몸 좋은 사람한테 배워야…… 뭐…… 뭐……."

저는 미친 듯이 페달을 밟았습니다. 그리고 속으로 아내에게 대꾸합니다.

'너 얼마 전에 TV에서 슈퍼모델 선발대회 봤지? 거기 참가 번호 17번으로 한번 서 있어 볼래? 뭐? 키? 야…… 키가 뭔 대수야? 냉장고 위칸만 닿으면 되지. 좀 깊숙이 있는 건 식탁 의자 놓고 꺼내면 되지. 키 작은 게 창피한 건 아니잖아? 그냥 좀 불편한 거지. 안 그래? 뭐? 허벅지? 야, 허벅지 두꺼우면 얼마나 안정감 있고 좋냐? 쟤네 슈퍼모델들 봐라. 바둑판 위의 바둑알마냥 흔들거리잖냐. 너 봐라. 장기판 위의 장기알마냥 아주 그냥 딱 달라붙는 게, 안정감 있어 보이잖냐? 또 뭐? 아…… 팔다리 짧은 거? 야, 니가 가제트 형사냐? 팔다리 길어져서 지구 지킬 거야? 그러니까 걱정하지 말고 빨리 나가서 16번하고 18번 사이 17번 자리에 한번 서 봐. 뭐해? 빨리 종종걸음으로 가서 서 보라니까.'

이런 제 맘을 아는지 모르는지 아내가 계속 옆에서 종알거립니다.

"처녀 때는 저런 울퉁불퉁한 근육 징그럽더니…… 나이가 먹으니까 참…… 실해 보이네."

분노의 페달이 멈춤과 동시에, 아내가 제게 혓바닥을 한 번 내밀어 보이고는 종종걸음으로 도망을 갑니다. 전 속으로 아내를 불러 봅니다.

'어이, 참가번호 17번! 어이, 장기알! 어이, 길어져라 가제트 팔다리!'

계란 프라이 전쟁

오래 전 어느 날, 저는 지친 몸을 이끌고 퇴근해서 집 안으로 들어섰습니다. 손발도 씻는 둥 마는 둥 허겁지겁 아내가 차려 준 밥상 앞에 앉았습니다. 막상 젓가락을 들었지만 어디한 군데 마땅하게 손이 갈 반찬이 없었습니다.

전 무심코 아내에게 한마디를 던졌습니다.

"계란 프라이라도 해 와라."

그런데 잠시 후…… 어찌 된 일인지 밥상은 저만치 물려져있고, 앞에 앉아 있어야 할 아내는 안 보이고, 저는 방 한구석에 벽을 보고 팔베개를 한 채 쪼그려 누워 있는 게 아니겠습니까.

15년 동안 부부로 살아가다 보면 여러 가지 다툼이 있습니다. 개중에는 심각한 다툼도 있고, 사소한 다툼도 있습니다. 그 사소한 다툼 중에서도 누가 들으면 참 한심하게 느껴질 부부싸움이 있으니, 그것은 다름 아닌 계란 프라이 싸움입니다. 흔히들 부부싸움을 표현할 때 장미의 전쟁이니 뭐 이런 표현을 쓰는데, 그런 맥락에서 잊힐 만하면 가끔 한 번씩 하는 우리의 부부싸움은 '계란 프라이 전쟁'이라고 해야 할 것 같습니다.

어제 저녁, 식탁에 앉은 저는 젓가락으로 반찬 몇 가지를 휘휘 저어 봅니다. 아내들이 가장 싫어하는 남편들의 행동입니다. 1차로 아내의 심기를 건드렸습니다. 그리고 밥알 수를 세기 시작합니다. 아내의 심기가 더욱 불편해집니다.

마침내 아내가 한마디 합니다.

"그냥 먹어."

심드렁한 아내의 한마디에 전 바로 문제의 한마디를 하고 말았습니다.

"계란 프라이라도 해 와."

15년을 한 이불 덮고 잔 사이지만, 지금부터의 계란 프라이라는 존재는 서로에게 하늘과 땅 차이의 의미를 부여합니다.

"오늘은 그냥 먹어."

"해주기 싫으면 내가 해 먹을게."

"맘대로 해."

"계란 프라이 하나 해 달란고 성질을 내고 있냐?"

"반찬 많구만……."

"아깝냐?"

"누가 아깝대?"

참 깨알 같은 유치찬란한 말들이 오고 갑니다.

그때, 지나가던 중학생 아들 녀석이 계란이란 말을 듣고는 갑자기 치킨이 먹고 싶답니다. 저 녀석은 우리 부부가 외계어를 쓰는 빵상 부부로 보이나 봅니다.

그런데 오히려 눈치 없는 아들 녀석 덕분에 잠시 후 치킨집에서 생맥주 한 잔씩을 앞에 두고 아내와 마주할 수 있었습니다. 아이들은 이미 치킨 한 마리를 게눈 감추듯 먹어 치우고 집으로 갔고, 아내와 전 닭발 하나를 추가시켜 놓고 서먹하게 마주 앉았습니다.

"계란말이 안주도 있던데, 그거 시키지 왜 닭발 시켰어?"

아내가 깐죽입니다.

"있었냐? 못 봤네. 공깃밥도 있디?"

아내가 웃습니다. 시원한 맥주 한 모금에 어느새 저녁 식탁에서의 다툼은 잊었습니다.

맥주 한 잔씩이 더 추가되고, 다시 한 잔이 추가되고……
아내와 이런저런 이야기를 나누었습니다. 그리고 아내가 잠
시 화장실에 간 사이 아내의 빈자리를 보면서 멍해졌습니다.
조금 전 화장실 가기 전에 아내가 무심코 던진 말이 머리에
박혔습니다.

"요즘 회사에서 자존심 상하는 일들이 많다."

그러고 보니 그동안 제 회사생활의 고충을 아내가 알아줬
으면 하는 바람만 가졌지, 아내의 회사생활에 대해서 진지하
게 생각해 본 적이 없었습니다. 자존심 구기고 치미는 화를
참아 가며 회사생활 하기는 아내나 저나 마찬가지일 텐데 말
이죠. 직장인이라면 누구나 하루에도 몇 번씩 '참을 인' 자를
마음속에 새기면서 일한다는 일반적인 법칙을 잘 알고 있었
지만, 유독 아내에게만 그 법칙을 적용하지 않았던 저의 이
중성에 놀랐습니다.

화장실에 갔다 온 아내가 묻습니다.

"뭘 그리 멍하니 생각해?"

전 턱을 괴고 아내의 젖은 눈동자를 보며 속삭였습니다.

"집에 가서 계란말이를 해 먹을까, 계란찜을 해 먹을까, 계
란 프라이를 해 먹을까, 아니면 계란을 삶아 먹을까 생각했지."

.

.

.

　잠시 후…… 전 얼굴에 극심한 통증을 느끼며, 맥주 한 잔
을 시원하게 들이켜고 있는 아내를 바라봐야 했습니다.

　그렇습니다. 저의 깐죽임에 아내가 들고 있던 닭발을 던졌
는데, 하필이면 발톱에 정통으로 맞았지 뭡니까.

아내와 여동생

　17년 결혼생활을 하다 보니 아내가 하는 말 중에 틀에 박힌 말들이 몇 가지 있습니다. 그럴 때마다 식구들 중 누군가는 오금이 저리는 경험을 해야 하거나, 어떤 반응을 보여야할지 몰라서 헷갈리게 됩니다.

　어제 저녁, 바쁜 월말도 지나고 조금은 편한 마음으로 퇴근길에 올랐습니다. 부쩍 쌀쌀해진 날씨 탓에 약간 어깨를 움츠리며 집에 들어서는데 구수한 된장찌개 냄새가 정겹게 다가왔습니다. 맛있는 저녁식사를 마치고 거실을 한가롭게 어슬렁거리는 제 곁으로 아내가 다가옵니다. 그리고 한마디 던집니다.

"나한테 뭐 할 말 없어?"

이 말을 들으면 막막해집니다. 도대체 어느 시점까지 생각을 거슬러 올라가야 하는지 알 수가 없습니다. 할 말 없다고 대답하면 정말 더 이상 안 물어볼 건지도 궁금합니다.

"할 말 없냐니까?"

재차 이어지는 아내의 질문에 전 결혼 17년차의 유연함으로 대답했습니다.

"음…… 사랑해."

썩 분위기가 좋아 보이지는 않습니다. 아내가 고개를 까딱이며 한마디 더 합니다.

"그래, 일단 사랑은 한다 치고……. 잠깐 여기 좀 앉아 봐."

이 말도 갈피를 잡을 수 없는 말입니다. 정말 잠깐만 앉았다 일어나도 되는지, 앉아서 TV를 봐도 되는지, 소파에 기대어 조금 삐딱하게 앉아도 되는지, 도무지 종잡을 수가 없습니다.

잠시 후, 지난달 카드 명세서가 제 앞에 놓여졌습니다. 잠깐이라던 아내의 말은 어디로 갔는지, 다리가 저려 올 때까지 아내의 훈계는 계속됩니다.

그런데 그때 마침 반가운 인물이 현관에 들어섭니다. 학원에서 수학 테스트를 받고 늦게 들어온 중3 아들 녀석입니다. 아내의 관심이 녀석에게로 돌아갑니다.

"야! 너 지금 몇 시야? 꼴랑 수학 한 과목 테스트 받는데 뭐 이리 오래 걸려? 너 어디 딴 데 들렀다 왔지?"

아들 녀석이 뭐라고 웅얼웅얼거립니다. 변성기 지난 지도 꽤 됐는데 요즘 아들 녀석만 들어오면 집 안이 알타미라 동굴이 됩니다. 점점 무슨 말을 하는지 못 알아듣겠습니다.

"뭐라는 거야? 너 이리 와서 엄마 눈 똑바로 쳐다보면서 얘기해."

이건 또 무슨 말일까요? 아들 눈만 보면 진실을 다 캐낼 수 있다는 건지, 그러다 정말 눈 똑바로 치켜뜬다고 패지는 않을지, 옆에서 지켜보고 있는 제가 다 걱정입니다. 그런데 눈을 내리깔아야 제격인 저 전법은 아들 녀석이 어렸을 때나 먹혔지, 아들 녀석을 한참 올려다봐야 하는 지금은 무리라는 생각이 들더군요. 올려다보고 있는 아내의 고개가 아프지나 않을지 걱정입니다.

변변찮은 집안 남자들에게 한동안 계속되던 훈계가 끝나고 잠깐 잠잠해지려는 찰나…… 중1 딸아이가 장롱을 정리하다 말고 한마디 합니다.

"엄마, 나 가을 교복 조끼 사야 돼."

"뭔 조끼를 또 사?"

"니트로 된 거 말고 단추로 된 게 유행이야. 그걸로 다시 사야 돼. 그리고 가을 옷이 하나도 없다. 좀 사줘."

아내가 한숨을 쉬며 한마디 합니다.

"엄마 팔아서 사라, 가시나야!"

저도 어릴 때 몇 번은 들어 봤음직한 이 말을 들을 때면 또 헷갈립니다. 정말 팔아도 되는지, 팔면 얼마나 받을 수 있는지, 옥션에다 내놔야 되는지 아님 벼룩시장에 내놔야 되는지…….

이래저래 다사다난했던 하루가 다 가고 밤늦게 아내와 둘이 TV를 보는데, 요즘 참 사랑스럽게 보고 있는 드라마의 커플이 달달한 계단 키스를 합니다. 그 달달한 장면에서 아내가 살며시 제 어깨에 머리를 기댑니다. 그리고 절 부릅니다.

"자기야……."

아내를 잠깐 돌아봤습니다. 분명 아내와 눈이 마주치긴 했습니다. 그러고 그냥 뭐…… 다시 TV를 봤습니다.

아내가 한마디 합니다.

"무슨 마누라 쳐다보는 눈빛이 여동생 쳐다보는 눈빛이냐?"

헉! 이 말은 여태까지 들어 본 적이 없습니다. 지금 처음 들었습니다. 그러니 더욱 말뜻을 헤아리기가 어렵습니다. 여동생이 없는 저로서는 어떤 눈빛이 여동생을 바라보는 눈빛이고, 어떤 눈빛이 마누라를 바라보는 눈빛인지 알지 못합니다. 뭐, 둘 다 사랑스럽기는 마찬가지일 텐데 굳이 구분하려는 이유가 뭘까요? 아내를 여동생 보듯이 보면 정말 안 되는 걸까요? 여동생 가진 분들에게 물어보고 싶습니다.

17년차 부부,
아직도 이런 걸로 싸운다

　퇴근하고 아내와 함께 마트에 갔습니다. 며칠째 미뤘던 청소기를 사러 외국계 대형 할인마트로 갔습니다. 몇 번 가 보지 않은 곳인데다 매장에 물어볼 사람도 없고 해서 청소기를 찾느라 한참을 헤맸습니다. 마침내 아내가 사려던 제품을 찾았습니다. 아내가 가격을 보더니 시큰둥하게 말합니다.

　"인터넷하고 똑같네."

　카트에 하나 실으려는 저를 아내가 제지합니다.

　"가격도 같다며? 왜?"

저의 물음에 아내가 고개를 갸웃거립니다.

"색깔이 맘에 안 들어. 이 색 한 가지밖에 없어?"

"뭔 색깔을 따지냐? 똥색만 아니면 되지."

"똥색이야."

"아…….."

아내가 똥색이라고 했지만, 사실은 황금색입니다.

"그냥 사. 청소기 고장 나서 며칠째 청소도 못 하고 있잖아. 언제 인터넷으로 주문하고 언제 또 배달 오냐. 그냥 사자."

그래도 아내는 계속 고개를 흔들며 한쪽 입꼬리만 올리고 있습니다.

"이거 하나 사러 퇴근하고 여기까지 왔는데 그냥 가냐? 청소기 색깔 누가 본다고? 그냥 사."

저는 청소기를 카트에 싣고 쌩하니 뒤돌아섰습니다. 그때 아내가 제 뒤통수에 대고 일갈을 날립니다.

"나 이제 청소 안 해! 청소기 색깔이 맘에 안 들어서 청소 안 해! 당신이 청소 다 해, 돼지야!"

돼지란 말에 저도 조용히 한마디 했습니다.

"당신 낼 아침 신문에 외국계 대형 할인마트에서 남편 백 모 씨가 휘두른 똥색 청소기에 아내 문 모 씨가 맞아 기절했다는 기사 나는 거 보고 싶냐?"

2.

청소기 사느라 시간이 늦어져 밖에서 저녁을 먹고 들어가기로 했습니다.

"당신 좋아하는 두루치기 먹으러 갈까?"

똥색, 아니 황금색 청소기는 잊었는지 아내가 두루치기란 말에 군침을 삼키며 좋아합니다.

늦은 시간에도 사람이 많은, 나름 유명한 두루치기 집에 아내와 마주 앉았습니다.

두루치기 2인분이 상 위에 오르고, 아내가 따로 주문한 라면 사리도 나왔습니다. 그사이 저는 벽면에 붙어 있는 '두루치기 맛있게 먹는 법'을 꼼꼼히 읽고 있었습니다.

1. 물이 끓으면 김치 두 접시를 넣는다.
2. 양파가 익어 갈 때 불을 줄이고 5분간 더 끓인다.
3. 약불에 졸이면서 먹는다.
4. 육수가 조금 남았을 때 라면 사리를 넣고 물을 두 컵 더 넣어 끓인다.

아내가 밑반찬으로 나온 고추를 썰어 넣고 있습니다.

"뭐하냐?"

"이렇게 고추도 넣어 줘야 칼칼하니 맛있어."

아내가 휘휘 젓더니 물을 한 컵 부어 버립니다.

"뭐하냐?"

"김치가 짜 보이네. 물 좀 더 부어야지."

저는 아내에게 벽면을 가리키며 말했습니다.

"저기 조리법 쓰여 있잖아. 저렇게 먹으라잖냐."

아내가 제 밥에 두루치기 국물을 몇 국자 떠 놓습니다.

"뭐하냐?"

"라면 사리 넣어야 돼. 국물 빨리 먹어."

그리고 아내는 자기 멋대로인 레시피에 라면 두 젓가락과 밥 반 공기만을 먹고는 잘 먹었다며 입을 닦습니다. 죽이 된 밥과 퉁퉁 불은 나머지 면발은 전부 제 차지가 됐습니다. 밥을 다 먹고 참았던 한마디를 했습니다.

"우리 합리적으로 생각을 해보자. 많이 먹는 사람의 레시피에 따라야겠냐, 아니면 몇 수저 먹지도 않는 사람의 레시피에 따라야겠냐? 나는 자박자박한 국물에 한 수저씩 밥을 떠서 먹고 싶었어. 그리고 라면 사리 넣기 싫었어."

아내가 온화한 미소를 지은 채 고개를 까딱이며 대답을 했습니다.

"아, 그러셨어요? 자, 그럼 현실적으로 생각해 보자. 까탈

스러운 내 입맛에 맞춰야겠어, 아니면 아무거나 다 잘 잡수시는 당신 입맛에 맞춰야겠어? 그리고 결정적으로 내가 계산할 거잖아! 오케이?"

이런!

3.

아내가 공짜 커피 한 잔을 뽑아 들고 차에 올랐습니다. 집으로 가는 사이에 아내가 휴대폰을 들여다보며 야릇한 미소를 짓습니다.

"똥색 청소기 검색하냐?"

아내가 여전히 야릇한 미소를 지으며 입을 엽니다.

"아니. 며칠 전부터 읽던 소설인데 너무 재밌다. 처음에는 공짜로 보여 주고, 재밌어지려고 하면 유료 결재라서 며칠 전에 만 원 질렀잖아."

"당신 혹시 로맨스 소설 뭐 그런 거 읽냐?"

아내가 여전히 휴대폰 화면을 주시하며 대답합니다.

"뭐, 어렸을 때 읽었던 로맨스 소설은 아닌데, 음…… 어떻게 보면 성인 로맨스 소설이라고 할 수도 있겠다. 하여간 한번 읽으면 계속 읽게 돼."

운전석 창문을 반쯤 열고 제가 한마디 했습니다.

"당신이 지금 나이가 괄호 열고 43 괄호 닫곤데 아직도 그런 소설을 읽고 있냐? 안 창피해? 어디 가서 그런 거 읽는다고 얘기하지 마라. 여자들은 도대체 나이가 먹어도 왜 그런 소설에 관심을 두는지 이해를 못 하겠다. 참 나!"

저의 타박을 끝까지 듣고 있던 아내가 조용히 컵 받침대에 있던 제 휴대폰을 가져갑니다. 그리고 무언가를 열어 보더니 내지릅니다.

"괄호를 열든 닫든 43 아저씨! 그러는 당신은 아직도 친구들이랑 이런 거 주고받냐? 아니, 브라질 삼바 축제의 무희들이 무슨 팬티를 입는지 그게 궁금해서 이런 사진을 주고받냐? 마누라 사주게? 에라, 인간아! 진짜 궁금해서 묻는데, 남자들은 도대체 몇 살까지 이런 사진 주고받냐?"

반쯤 열린 창문을 마저 열고 시원한 밤공기를 맡으면서 생각했습니다.

'83세 되신 아버지도 비록 문자는 못 보내지만 가끔 황씨 아저씨한테서 뭔가 오는 것 같던데, 글쎄……'

아내가
쌈닭이 되었습니다

우리 집에는 축구의 명가 'FC 바르셀로나'에 버금가는 존재가 있습니다. 일명 'FC 보키'라 불리는 제 아내입니다. 축구를 잘하는 건 아니고, 그냥 '파이터 치킨'의 약자입니다. 즉, 쌈닭입니다.

어젯밤에도 FC 보키가 대전 상대를 찾아 거실을 어슬렁거렸습니다. 고개를 까딱까딱 움직이며 주위를 돌아봅니다. 자율학습을 끝내고 온 고1 아들 녀석이 걸렸습니다. 일단 똑, 똑, 쪼기 시작합니다.

"30분이나 늦었네?"

"뭐…… 그냥 뭐……."

아들 녀석이 FC 보키의 전투력을 상승시키는 말끝 흐리기 약점을 보이고 말았습니다. 본격적으로 쪼기 시작합니다.

"술 먹었냐?"

아들 녀석이 어이가 없는지 헛웃음만 짓습니다.

"그럼 담배 폈냐?"

싸움을 걸려고 작정하고 달려드는 FC 보키에게 아들 녀석이 말려들고 말았습니다.

"난 커서도 담배 안 핀다니까요. 그냥 친구랑 얘기하다가 좀 늦었는데 엄마는……."

FC 보키가 날개를 퍼덕이며 발톱을 세웁니다.

"지금 엄마 말이 어이가 없지? 그지? 난 11시가 다 돼서 들어오는 네가 어이가 없거든? 학생이 밤늦은 시간에…… 퍼덕퍼덕…… 이 시키야…… 퍼덕퍼덕…… 우당탕!"

한바탕 소란이 끝나고 FC 보키가 다시 고개를 까닥이며 안방으로 천천히 들어옵니다. 저와 눈이 마주쳤습니다. 누워 있다 몸을 일으킨다고 했는데 조금 늦어서 삐딱한 자세가 되고 말았습니다. 이런 불량한 자세를 가만히 두고 볼 FC 보키가 아닙니다.

톡, 톡, 쪼기 시작합니다.

"형우한테 한마디 해야지, 왜 이러고 있어?"

"내가 따끔하게 얘기하려고 했는데 자기가 먼저……."

말끝을 흐리다 말고 퍼뜩 자세를 바로하며 또박또박 대답을 했습니다.

"난 형우가 씻기라도 하고 나면 말하려고 했는데, 당신이 먼저 그러니까 같이 하기가 그렇잖아. 일단 씻고 나오면 내가 주의 줄게."

말끝 흐리기는 피했지만 FC 보키의 전투력을 상승시키는 또 다른 요인인 '핑계'로 들렸나 봅니다.

"당신은 항상 그래. 왜 나만 못된 엄마 만들어? 내가 형우 혼내고 싶어서 혼내? 당신이 먼저 나서면 내가 나서? 당신이 뒤로 빠지니까 내가 이러는 거 아니야."

FC 보키가 날개를 퍼덕이기 시작합니다. 하지만 바람을 일으키기 전에 잡았습니다. 며칠 전에 한바탕 크게 붙은 후로 아직 상처가 덜 아물었기에 제가 먼저 전의를 거두어들였습니다. 조용히 눈을 해 저무는 수평선 모드로 만들었습니다.

FC 보키가 퍼덕이려던 날개를 접고 다시 거실로 나갑니다. 그리고 고개를 까딱이며 걷는가 싶더니 갑자기 탐색전도 없이 바로 날개를 퍼덕이며 누군가에게 달려듭니다.

"야, 이 가시나야! 옷 정리하라고 몇 번을 얘기해? 지금 잘 시간까지 이러고 있어? 퍼드덕 퍼드덕…… 우당탕!"

갑작스런 공격에 당황할 법도 한데 딸아이는 이내 전열을 가다듬고 반격을 합니다.

"왜 소리부터 질러요? 알아서 다 하고 잘 건데. 지금 하고 있잖아요."

조금 전 제가 해 지는 수평선 모드로 눈을 깔았다면, 딸아이는 지금 해 뜨는 일출봉 모드로 눈을 치켜뜨고 있습니다.

FC 보키가 주춤합니다. 그도 그럴 것이, 우리 집에는 FC 보키만 있는 게 아니라 KFC 송이도 있기 때문입니다. '키드 파이터 치킨', 즉 어린 쌈닭입니다.

FC 보키와 KFC 송이가 맞붙었습니다. 시간이 좀 길어질 뿐이지 물론 승리는 FC 보키의 것입니다.

12시가 다 돼서야 우리 집에 평화가 찾아옵니다. 아내는 이불 속으로 들어가면서 한숨을 쉽니다.

"에휴…… 다들 나만 싫어해."

그리고 이내 잠이 듭니다. 아내가 처음부터 쌈닭은 아니 었습니다. 근래 들어서 쌈닭으로 변했습니다. 그러나 아직도 밖에서는 누구한테 싫은 소리 한마디 못하는 순한 양입니다.

사춘기 남자아이들이 다 그렇듯이, 그렇잖아도 말수가 줄어들던 아들 녀석은 고등학생이 되고 나서는 자율학습이다 학원이다 해서 밖으로 도는 시간이 많다 보니 아내와 대화할 시간이 짧아졌습니다. 저도 요즘 회사 사정도 안 좋고 개인적으로 신경 쓰는 일까지 있어서 혼자만의 시간이 많아졌습니다. 그리고 딸아이도 온라인상의 친구들과 시간을 보내다 보니 자연적으로 예전의 살갑던 딸아이가 아닌 듯합니다.

어쩌면 아내는 싸움을 건 게 아니라 대화를 시도했는지 모르겠습니다.

오늘 저녁에도 아내가 고개를 까딱이며 거실을 거닐 겁니다. 형우에게 미리 말을 해둬야겠습니다. 오늘 밤에 집에 들어서자마자 점심 메뉴는 뭐였고 저녁밥은 맛이 있었는지 없었는지, 그리고 오늘 아침에 스쿨버스를 못 탔는데 내일부터는 늦장 부리지 않고 스쿨버스 잘 타고 가겠다고 약속을 하라고. 그리고 송이한테도 휴대폰 좀 내려놓고 이번 주말에는 엄마에게 봄옷 정리 좀 도와 달라고 말하라고. 그리고 저도 개인적인 일을 아내에게 충분히 설명하고 의견도 구해 볼까 합니다.

우리 집 FC 보키가 날개를 그만 퍼덕이고 이제는 편안하게 가슴에 손도 얹고, 다리도 편안하게 꼬고, 이리 뒹굴 저리

뒹굴 하면서 편히 쉬는 바비큐 치킨, BC 보키로 다시 태어났
으면 좋겠습니다.